DIESES BUCH GEHÖRT:

Die drei
???

Die drei ???

und der Dreiäugige Schakal

erzählt von Ben Nevis

KOSMOS

Umschlagillustration von Silvia Christoph, Berlin
Umschlaggestaltung von der Peter Schmidt Group, Hamburg,
auf der Grundlage der Gestaltung von Aiga Rasch (9. Juli 1941–24. Dezember 2009)

Unser gesamtes lieferbares Programm und viele
weitere Informationen zu unseren Büchern, Spielen,
Experimentierkästen, Aktivitäten, Autorinnen und
Autoren findest du unter **kosmos.de**

MIX
Papier | Fördert gute Waldnutzung
FSC® C083411
FSC www.fsc.org

Gedruckt auf Cradle to Cradle Certified™ Munken Papier

ISBN 978-3-440-17775-4
Redaktion: Anne Pagel
Lektorat: Nina Schiefelbein
Produktion und Satz: DOPPELPUNKT, Stuttgart
Druck und Bindung: CPI Moravia Books s.r.o., Pohořelice
Printed in Czech Republic / Imprimé en République tchèque

Die drei ???

und der Dreiäugige Schakal

Überraschung!

Es war spät, aber um sich jetzt schon zu trennen, dazu war dieser Sommerabend einfach viel zu schön. Tief sog Peter Shaw die salzige Luft ein, die vom nahen Pazifik herüberwehte. Er ließ den Blick schweifen. Scheinbar nur einen Handgriff entfernt glitzerten unter ihnen die Lichter von Rocky Beach, viel klarer und heller als der verschwommene Schein von Los Angeles, der wie immer über der nahe gelegenen Metropole hing.

Ein wunderbarer Abend, hier auf dem Hügel zwischen der Küste und den Bergen, über ihnen die Sterne und weit draußen auf dem Meer ein Schiff, dessen Lichterketten wie zur Ausschmückung von Peters Laune lieblich auf den Wellen tanzten.

»Schau, Peter, eine Sternschnuppe«, sagte Kelly, die dicht an ihn geschmiegt in den Himmel blickte. »Du kannst dir etwas wünschen. Aber du darfst es nicht aussprechen.«

Ich wünsche mir, Kelly, dachte Peter, dass es zwischen uns immer so schön ist wie heute Abend, ohne den ständigen Zoff, ohne die Eifersüchteleien, vor allem ohne die ganzen blöden Typen, die dir hinterherrennen wie Motten dem Licht … Peter spürte, wie seine gute Laune sich aufzulösen drohte, und konzentrierte sich schnell wieder auf die Gegenwart. »Kelly …«

Sie nahm seine Hand und tat einen Schritt zur Seite. »Komm! In dem Park ein Stück weiter oben steht eine wunderschöne Holzbank. Da hat man einen noch tolleren Blick auf alles und es ist auch gemütlicher.«

»Aber das Gelände ist abends abgeschlossen«, fiel Peter ein.

Kelly stöhnte leise auf. »Peter, nun sei doch mal ein bisschen romantisch …«

»Und steht da nicht der Dreiäugige Schakal?«

»Das ist ein Denkmal, Peter, eine Statue. Die beißt nicht. Und wenn du mit Justus und Bob unterwegs bist, hast du doch auch keine Angst?«

»Natürlich nicht«, beeilte sich Peter zu sagen. Er überlegte. Mit Kelly romantisch und eng umschlungen in einem einsamen, abgelegenen Park kuscheln. Warum nicht. Er fasste sie am Arm. »Na, dann los, oder willst du nicht mehr?«

Es waren ein paar Schritte über einen sandigen Weg, dann gelangte man zu einem Zaun, der an einer Schotterstraße entlangführte, bis man schließlich ein Einfahrtstor erreichte. Peter sah sich um. Abgesehen von einem silbernen Honda, der ein gutes Stück weiter weg parkte, deutete nichts auf die Anwesenheit anderer Menschen hin. Das Holztor, das nach Sonnenuntergang unbefugtes Betreten des Kingsbury-Parks verhindern sollte, war für sportliche Menschen wie Kelly und ihn kein Hindernis. Mit einer Flanke war Peter im Nu auf der anderen Seite. Problemlos machte seine Freundin es ihm nach. Vor ihnen lag ein breiter Weg, der, wie Peter von früher her wusste, zwischen Bäumen hindurch zu einem kleinen Platz führte. Dort stand die von Kelly erwähnte Bank. Auf dem Hügel dahinter, einige Meter oberhalb des Platzes, thronte der Dreiäugige Schakal. Eigentlich war es ein Mann mit der Maske eines Schakals über dem Kopf. Als Peter an den finsteren Blick dachte, mit dem die Statue über alles hinwegblickte, schauderte er kurz.

Als könnte sie Peters Gedanken lesen, sagte Kelly: »Außerdem hatte der Dreiäugige Schakal ja nur Gutes im Sinn.«

»Ganz bestimmt«, sagte Peter und stapfte los.

»So eine Art heutiger Robin Hood, der das Geld, das er durch seine Gaunereien erbeutet hat, an arme Leute weitergab. Darum hat er ja auch dieses Denkmal bekommen mit dem großen bronzefarbenen Herz auf dem schwarzen Umhang.«

»Trotzdem hat er diese Gaunereien vollbracht und andere Menschen erschreckt«, sagte Peter. »Soll ich das Handylicht einschalten oder ist der Mond hell genug?«

»Lass es aus«, sagte Kelly und schloss zu ihm auf.

»Außerdem beruht das alles auf Mutmaßungen«, fuhr Peter fort, »keiner weiß, was tatsächlich geschehen ist.«

Kelly nahm Peters Hand. Die letzten Meter bis zur Bank schwiegen sie. Bevor sie sich setzten, warf Peter einen schnellen Blick hinauf zur Statue. Als Kind war er mit seinen Freunden Justus und Bob hin und wieder hier gewesen. Da war die

Statue noch neu gewesen, und sie waren den Hang zum Schakal hochgeklettert, um sich zu gruseln. Und um zu prüfen, wer von den dreien dessen Anblick wohl am längsten aushielt. Dazu hatten sie gleichzeitig dem Schakal in die grimmigen Augen gestarrt und jeder sollte sich vorstellen, was in ihnen für eine Gefahr lauerte. Bis sich der Erste abwand. Peter hatte regelmäßig verloren. Justus hatte regelmäßig gewonnen. Außer einmal, als es Peter gelungen war, die ganze Zeit über an ein großes Eis mit Sahne zu denken.

Es war eine bizarre Mensch-Tier-Figur, lebensgroß, in windgepeitschtem Gewand. Natürlich hätte das am rechten Fleck in den Umhang eingearbeitete Herz den Betrachter positiv stimmen können. Doch der Blick wanderte sofort weiter zu dem spitz zulaufenden schwarzen Hundegesicht mit den gefletschten Fangzähnen in der leicht geöffneten Schnauze. Darüber die Augen, ja, die Augen … Zwei schmale, dunkle Schlitze, und als wären sie nicht schon gruselig genug, befand sich ein drittes Auge mitten auf der Stirn. Und dann noch diese beiden spitzen Ohren, die wie Pfeile auf den Betrachter gerichtet schienen. Das war er, der Dreiäugige Schakal. Doch jetzt, aus der Entfernung, zeichneten sich nur seine dunklen Umrisse gegen das kalte Mondlicht ab.

Kelly zog Peter zu sich auf die Bank. »Schau mal, wie schön der Blick auf das Meer ist.«

Es stimmte. Von hier aus sah alles noch besser aus. Und es war viel bequemer. Und irgendwie auch wärmer.

Er drückte sich an sie und versuchte den Moment wiederzufinden, in dem er eben noch so glücklich gewesen war. Aber es gelang ihm nicht. Plötzlich hatte Peter das Gefühl, dass sie beobachtet wurden. Lag das an dieser dämlichen Statue?

Kelly bemerkte seine Irritation. »Was ist?«

Peter warf einen kurzen Blick nach hinten. »Nichts. Nichts Besonderes. Nur dieses dunkle Ding da.«

»Ach so.« Kelly holte Luft. »Weißt du, es ist wie in so einem Laden, in dem Schaufensterpuppen rumstehen. Dauernd fühlt man sich beobachtet, aber ehrlich: Das ist nur Einbildung!«

»Ich weiß«, murmelte Peter. »Entschuldige.«

»War eine blöde Idee, hierherzukommen«, sagte Kelly.

»Nein, nein! Alles gut! Ich kriege mich schon wieder ein.« Peter lenkte seine Gedanken auf den Wind, das Meer und Kellys Haare, die immer wieder sein Gesicht streiften. »Mir geht es gut, uns geht es gut, die Welt ist schön«, verkündete er.

Kelly lachte. »Mir auch. Mir geht es auch gut.«

»War da nicht ein Geräusch?« Peter zuckte zusammen.

»Ein Schakal vielleicht? Oder gleich drei?«, versuchte Kelly zu scherzen und sah den Hügel hinauf. Durch die Bäume führte eine schmale Lichtung nach oben zur Statue.

»Das Gewand hängt plötzlich anders«, sagte Peter. »Als ob der Schakal die Arme tiefer halten würde.«

»Ach komm …«

»Warum ist der eigentlich immer mit dieser gruseligen Schakalsmaske aufgetreten?«, fragte Peter. An der Statue bewegte sich nichts mehr. Vielleicht hatte er sich mit seiner Beobachtung getäuscht.

»Ist das eine Frage für euch drei Detektive?«

»Nein«, gestand sich Peter ein, »und ich kann sie mir auch selbst beantworten. Um nicht erkannt zu werden. Daher die Maske und die Verkleidung. Und um die reichen Leute zu erschrecken. Vermutlich.«

»Hundert Punkte«, sagte Kelly. »Um dies zu erkennen, brauchst du keinen Justus. Auf den kann ich eh verzichten.«

»Kelly, ich denke …«

»Entschuldige, ich weiß, dass dir das wichtig ist, Peter. Aber Justus und Bob, also euer Detektivbüro, das kostet so viel Zeit, Zeit, die ich lieber mit dir … Peter, bin ich dir auch wichtig?«

»Und ich dir?«

»Ja klar.«

»Dann lass doch bitte dieses Drei-???-Thema … Hey! Da … da war doch schon wieder was!«

Jetzt hatte es auch Kelly gehört. Es hatte wie ein bellendes Krächzen geklungen. Sie wandte sich um und starrte auf das mondbeschienene Denkmal auf dem Hügel. Doch nichts Auffälliges war zu sehen. Sie griff Peter, der aufgesprungen war, an den Arm. »Komm, setz dich wieder.«

Doch Peters Blick wanderte unruhig zwischen Denkmal, Wald und dem Platz hin und her. Schlich hier irgendwo jemand herum? »Lass uns lieber verschwinden«, sagte er heiser.

»Peter, so schnell hauen wir nicht ab. Vielleicht ein Tier. Bestimmt ein Tier! Ein Vogel, eine Eule. Bitte setz dich wieder.«

Es dauerte noch ein, zwei Minuten, bis Peter ihrem Wunsch nachkam. Ein, zwei Minuten, in denen der Wind leise durch die Bäume strich und eine Wolke am Mond vorüberzog. In denen die Dunkelheit des Waldes vor sich hin schwieg und Kelly drei Mal »Bitte« flüsterte. Steif hockte er sich schließlich wieder auf die Bank.

»Du fühlst dich an wie ein Holzbrett.«

»Mir ist auch nicht wohl.« Er rückte ein Stück weg von ihr.

»So geht das nicht!« Jetzt war Kelly aufgesprungen. »Pass auf! Wir klettern zu diesem Denkmal hoch und ich zeige dir, dass du dich nur von deiner blühenden Fantasie einschüchtern lässt. Da ist nichts außer einer kalten Bronzestatue, die Besseres zu tun hat, als ein Liebespaar zu erschrecken.«

»Nein.«

»Hast du Angst?«

»Ich hab keine Angst.«

Kelly nahm Peter an der Hand. »Na, dann komm. Oder willst du deine Freundin alleine da hochsteigen lassen?«

Missmutig stand Peter auf. Er warf einen Blick auf die dunkle Figur über ihm, die ihn jetzt anzugrinsen schien. Eigentlich hätte Peter das auf die Entfernung hin gar nicht sehen können. Das wusste er durchaus. Trotzdem spürte er es.

Kelly zog Peter über die Lichtung hinweg zum Hang und sie begannen, auf der Grasfläche zwischen den Bäumen den Hügel hinaufzuklettern.

»Ich weiß nicht«, flüsterte Peter nach einigen Metern. »Der Schakal ist ja wirklich harmlos. Es kann auch sein, dass sich jemand im Wald versteckt und wir *ihn* gehört haben.«

»Dann soll er schön dortbleiben«, sagte Kelly und fügte

betont laut hinzu, »schließlich sind wir zu zweit und du kannst tierisch gut Karate.« Prüfend sah sie nach links und nach rechts zwischen die Bäume und dann nach oben den Hang hinauf. Die Hälfte der Strecke hatten sie schon geschafft.

»Hast *du* jetzt Angst?«, fragte Peter und lief ein Stück weiter.

Plötzlich im Wald ein Rascheln.

»So ein Denkmal ist mir bedeutend lieber als ein unheimlicher Typ im Wald, der uns beobachtet«, flüsterte Kelly, die das Geräusch auch gehört hatte.

»Egal.« Peter schob seine Beobachtung zur Seite und konzentrierte sich wieder auf die Statue. Sie war nun noch sieben, acht Meter entfernt. Glimmte ihr Herz nicht leicht rötlich? Darüber streifte das Mondlicht die Schnauze des Schakals. Die Augen jedoch lagen im Dunklen. »Sie hat sich bewegt! Das Gewand! Die Arme sind ein wenig auseinandergegangen, als wollte sie uns umschlingen.«

»Quatsch!« Doch auch Kelly spähte skeptisch nach oben.

»Lass uns abhauen«, sagte Peter. »Wir wollten doch gemütlich zusammen auf der Bank sitzen, und plötzlich klettern wir hier zu einem gruseligen Denkmal hinauf. Ich kann ja morgen bei Tageslicht zurückkommen und schauen, was los ist.«

»Du allein oder du mit Bob und Justus?« Kelly atmete hörbar aus. »Vielleicht war die Bewegung am Denkmal nur ein Lichteffekt. Komm, so schnell geben wir nicht auf. Ein kleines Abenteuer, nur wir zwei.« Sie stieg weiter.

Auch Peter setzte sich in Bewegung. Doch er ließ den Blick nicht mehr von dem Denkmal. Die schwarze Schnauze wies nun direkt auf ihn. Wie früher als Kind verspürte er den Drang, einfach die Augen zu schließen. Diese spitzen Zähne … Auch schien ihn die Figur jetzt direkt anzustarren. Etwas stimmt an den Augen nicht, schoss es Peter durch den Kopf. Was war es, das ihn plötzlich so irritierte?

»Eine Bronzestatue hat doch keine weißen Augäpfel.«

»Wenn man sie weiß anmalt, schon.« Auch Kelly hatte das Denkmal erreicht. »Siehst du«, sagte sie und trat dicht an die Figur heran, um sie anzufassen.

»Aber der Dreiäugige Schakal hat drei gleiche Augen und nicht zwei weiße und ein rotes«, murmelte Peter.

Kaum hatte er das ausgesprochen, stieß die Statue einen furchterregenden Schrei aus. Und nicht nur das: Wie Flügel breitete der Dreiäugige Schakal schwungvoll sein Gewand aus und bellte einen krächzenden Laut, als ob er sich direkt auf die beiden Besucher stürzen wollte. Der dunkelrote Lichtstrahl aus dem dritten Auge schien sie direkt ins Visier zu nehmen.

Peter zögerte keine Millisekunde. Er griff Kelly bei der Hand und floh mit ihr stolpernd den Hügel hinab. Nach ein paar Metern warf er einen Blick über die Schulter und sah, wie der Dreiäugige Schakal von seinem Sockel sprang und ihnen folgte.

»Hilfe«, brüllte Peter.

Es ging hinab über Stock und Stein. Peter verlor Kellys Hand. »Weiter«, schrie sie hinter ihm, »weiter!«

Erst als sie den Platz erreicht hatten, sah Peter zurück. Von dem Dreiäugigen Schakal fehlte jede Spur. Nur der Sockel des Denkmals stand noch da, mondbeschienen und verlassen.

Zentrale

Auf dem Bildschirm erschien Bob Andrews die Erde wie eine blau-weiße Murmel, als würde man sie vom Weltall aus sehen, wunderschön und sehr verletzlich.

Bob liebte den Anblick, der gleich folgen würde. Er liebte es, sich vorzustellen, er säße in einem Raumschiff, das sich plötzlich in Bewegung setzte und auf die Erde zuraste, nur, weil er zuvor einen Ort eingegeben hatte. Und wie sich der Ball, zu dem die Murmel längst angewachsen war, wie von Zauberhand bewegt an die richtige Stelle drehte. Rasend schnell stürzte nun das Raumschiff auf eine Gegend zu, die immer größer wurde, sodass man erste grüne und braune Flecken erkennen konnte. Daneben die große dunkelblaue Fläche, das Meer, bald auch helle Strände, eine graue Monsterstadt, die das Raumschiff jedoch seitlich liegen ließ, dann Straßennetze, Stadtteile, Gebäudekomplexe. Schließlich wuchs daraus ein einziges Grundstück mit einem einzigen Haus hervor: Rocky Beach, Sunrise Road 45, der Gebrauchtwarenhandel von Titus Jonas, Justus'

Onkel. Ein gelblich sandiger Platz, ein blauer Pick-up, Wellblechdächer und daran angeschlossen das silbern glänzende Dach der Zentrale der drei ???, des alten Campingwagens, in dem er, Bob, jetzt zusammen mit Justus Jonas saß und auf Peter wartete.

»Wann wurde das Satellitenbild eigentlich aufgenommen?«, fragte Justus. Er hatte Bob kurz über die Schulter geblickt, während er damit beschäftigt war, die Reste des Frühstücks zu verspeisen, das ihm seine Tante Mathilda mit viel Liebe zubereitet hatte. Zusammen mit seinem Onkel Titus betrieb sie den Altwarenhandel. Justus wohnte bei den beiden, seit seine Eltern vor langer Zeit bei einem Unfall ums Leben gekommen waren.

Bob zoomte das Bild weiter heran. »So lange ist es nicht her«, antwortete er, »hier steht noch das kleine gelbe Motorboot, das dein Onkel zur Reparatur hergeschleppt hatte.«

»Die Gegend muss also zwischen dem siebten Februar und dem neunten Juni letzten Jahres erfasst worden sein«, stellte Justus fest und bewies damit wieder einmal sein phänomenales Gedächtnis, mit dem er Dingen so gern auf den Grund ging. *Dingen* hieß vor allem: Kriminalfällen, Rätseln und Geheimnissen aller Art.

Jetzt vernahmen Justus und Bob ein Kratzen im Geheimgang zum Kalten Tor. Ihr Wohnwagen war von einem Haufen Schrott und Gerümpel umgeben, um ihn vor neugierigen Blicken zu schützen. Dazu gehörte auch ein ausgedienter Kühlschrank, dessen Rückwand man zur Seite klappen und so über einen kurzen Wellblechtunnel direkt in ihre Zentrale gelangen konnte.

Wenige Augenblicke später stand Peter im Raum und klopfte sich den Staub von den Händen ab. »Hi, ihr beiden.«

»Hi. Wo hast du denn so lange gesteckt?«, fragte Justus.

»Sorry für die Verspätung, Kollegen. Ich hab schon eine kleine Tour zum Kingsbury-Park hinter mir.«

»Dort, wo der Dreiäugige Schakal steht, den wir als Kinder ab und zu aufgesucht haben?«

»Ja genau, Justus. Ich wollte etwas überprüfen. Aber da ist heute irgendeine Veranstaltung geplant und der Eingang war gesperrt.«

»Peter, du sprichst in Rätseln. Kannst du uns mal abholen?«

»Klar doch.« Peter schnappte sich eine Limo aus dem Getränkekasten und ließ sich auf den Sessel fallen. »Ich war gestern Abend mit Kelly unterwegs …«

»Mit Kelly?«, unterbrach ihn Justus.

»Halt doch mal die Klappe.«

»Ich habe doch gar nichts gesagt.«

»Wir haben uns einen netten Abend gemacht, sind Richtung Berge gefahren und haben dann beschlossen, uns im Park, der zur Kingsbury-Villa gehört, noch ein wenig auf die Bank zu setzen und auf die Stadt und das Meer hinunterzuschauen.«

»Schöner Platz«, bestätigte Bob.

»Ich kenne kaum einen langweiligeren Ort«, warf Justus ein, der keinen Sinn für romantische Ausblicke hatte.

»Das Thema *Langeweile* kann sehr schnell in den reinsten *Horror* umschlagen.« Peter lächelte in sich hinein. Nun hatte er Justus' Aufmerksamkeit. »Wir saßen also auf der Bank. Ihr wisst ja, man hat dort die Statue im Rücken. Plötzlich hatte ich das Gefühl, dass uns jemand beobachtet. Und das mitten in der Nacht. Kelly hat etwas Angst bekommen …«

»Nur Kelly?«, warf Bob provozierend ein.

Außer einem genervten Stöhnen ging Peter nicht weiter auf die Bemerkung ein. »Etwas später hörten wir Geräusche. Wir sahen uns um, doch da war nichts. Ich hatte jedoch den Eindruck, dass die Statue ihre Position verändert, dass sie irgendwie ihren Arm bewegt. Kelly wollte lieber gehen, doch dann beschloss … ja, also, ich beschloss hochzuklettern und nach dem Rechten zu schauen. Schließlich bin ich ja Detektiv.«

»Du bist ein sehr mutiger Detektiv«, sagte Bob, »aber hast du nicht gewöhnlich vor solchen Dingen wie … sich gespenstisch bewegenden Statuen doch eher … sagen wir mal … Respekt?«

»Nun lasst mich bitte mal ausreden«, sagte Peter. »Wir klettern also da hoch. Und plötzlich fällt mir auf, dass die Figur weiße Augen hat, was ja Quatsch ist für eine Bronzestatue. Kelly sagt noch, die könne man ja anmalen, und dann sind wir auch schon oben. Kelly will die Statue anfassen – da schreit der Schakal plötzlich auf, breitet die Arme aus und geht voll auf uns los! Ich bekomme jetzt noch einen Schreck, wenn ich daran denke! Wir ab den Hang hinunter. Als wir unten sind und uns umdrehen, ist der Dreiäugige Schakal weg. Spurlos verschwunden. Nur noch das Fundament des Denkmals ist da. Oh Mann, fragt nicht, wie ich heute Nacht geschlafen habe …«

»Und dann?«, fragte Bob mit großen Augen.

»Sind wir zurück zum Auto gegangen und ich habe Kelly nach Hause gebracht.«

Justus hatte fasziniert zugehört. »Der Schakal hat sich also bewegt und seinen Standort verlassen, das ist ganz sicher?«

Peter nickte. »Hundertprozentig.«

»Und was ist das für eine Veranstaltung im Kingsbury-Park, die heute Morgen stattfindet?«, fragte Justus.

»Keine Ahnung. Irgend so ein Typ am Eingangstor hat mich jedenfalls nicht reingelassen.«

»Und die Figur war immer noch verschwunden?«

»Das ist es ja eben«, sagte Peter. »Ich bin die Straße ein Stück weitergefahren, um einen Blick auf den Hügel werfen zu können. Und da war die Statue wieder da. Als ob nichts gewesen wäre.«

»Vielleicht hast du alles nur geträumt«, sagte Bob.

Peter lachte sarkastisch auf. »Frag doch Kelly! Die hat heute Nacht genauso schlecht geschlafen wie ich.«

»Dann auf zum Kingsbury-Park, Kollegen«, rief Justus. »Wenn das mal nicht nach einem neuen Fall für die drei ??? klingt!«

Perplex

Vom Schrottplatz aus war es zu dem Park nicht allzu weit. Er war Teil des Kingsbury-Anwesens, das auf den schon lange verstorbenen Industriellen Frederick Kingsbury zurückging. Schon vor mehr als hundert Jahren hatte er seiner Liebe zur Natur mit dem in weiten Teilen wild zugewachsenen Park einen sichtbaren Ausdruck verliehen. Inzwischen gehörte der ganze Besitz seinem Nachfahren Luke Kingsbury, einem – wie sich Justus erinnerte – großen Sammler moderner Statuen und Kunstplastiken. Angeblich standen ziemlich viele davon bei seiner Villa, die direkt hinter dem Park in den Bergen lag. Doch dem Dreiäugigen Schakal hatte er einen Sonderplatz gewidmet.

An all das dachte Justus, während er mühsam in die Pedale trat. Sie waren mit den Rädern unterwegs und es ging bergauf. Was Justus zusätzlich außer Atem brachte, war das Reden. Trotzdem berichtete er Peter und Bob während der Fahrt, was er von Kingsbury und von der Statue wusste.

»Der Dreiäugige Schakal ist eine … Schöpfung …«, Justus pustete, »der Künstlerin Marie Solaire … die vor einigen Jahren in Rocky Beach … verstorben ist … Sie hat sich …«, Justus schaltete einen Gang nach unten, »… mit besonderen Menschen befasst, die irgendetwas Gutes in ihrem Leben … getan haben.« Er keuchte eine scharfe Serpentinenkurve hinauf. »Sie hat die Statuen immer in Lebensgröße gebaut, denn sie wollte die Personen nicht … überhöhen wegen ihrer Taten. Kein Mensch sei besser als der andere und auch die Besten machen Fehler … Das wollte sie zum Ausdruck bringen.«

»Wie war das?«, rief Peter mit einem Seitenblick auf Justus. »Auch die Besten machen Fehler?«

Bob schmunzelte, doch die Antwort von Justus ging in dessen Schnaufen unter.

Schließlich hatten sie den leicht abschüssigen Fahrweg erreicht, der zu dem Tor führte, und sie ließen die Räder ausrollen. Mehrere Wagen hatten am Waldrand geparkt. Auf einem klebte die Aufschrift *Marie Solaire Foundation*, ein anderer Aufkleber verkündete, dass die *Kingsbury Park Rangers* ebenfalls vor Ort waren.

Peter warf einen langen Blick in den Wald hinein, in die Richtung, wo der Hügel mit der Statue lag. Dabei hätte er fast Bob umgefahren, der plötzlich angehalten hatte. »Hey, pass doch auf!«

»Ich?« Bob schüttelte den Kopf. »Peter, du hast doch etwas von einer Kontrolle am Geländeeingang erzählt. Wir sollten uns kurz absprechen, was wir sagen, warum wir hineinmüssen.«

Doch dazu war es zu spät. »Geschlossene Gesellschaft«, verkündete ein Mann, der ans Tor getreten war, als er bemerkt hatte, dass sich Besuch ankündigte.

Justus kam direkt vor dem Mann zum Stehen. »Aber wir werden erwartet«, verkündete er.

»Von wem?«

»Von der Marie Solaire Foundation«, sagte Justus selbstbewusst. »Wir haben eine Einladung von höchster Stelle.«

»Oh. Von Nina Radamus, der Vorsitzenden?«

»Genau, von Nina Radamus. Wir sind doch hier richtig am Denkmal des Dreiäugigen Schakals?«

»Aber ja. Noch steht er da. Heute soll er abgebaut werden. Aber nur für ein paar Wochen.«

»Darüber sind wir informiert. Deswegen sind wir ja hier«, erklärte Justus und tat so, als sei ihm das alles nicht neu. »Bevor die Figur entfernt wird, möchten wir sie fotografieren und dann einen Artikel über sie und die Künstlerin schreiben.«

»Aber die Presse ist doch schon da.«

»Die Presse …« Justus lächelte und wies mit einer großen Geste auf Peter und Bob, die inzwischen auch herangekommen waren. »Aber wir drei sind von einem reichweitenstarken Schülerblog! Mit unserer journalistischen Arbeit sorgen wir bei der jungen Generation für Interesse an der Foundation und für deren Bekanntheit. Verstehen Sie? Wir sind die Zukunft!«

Angesichts derartig großer Worte verschwand die Skepsis auf dem Gesicht des Mannes. »Wenn das so ist«, sagte er und öffnete das Tor.

»Danke.«

Die drei ??? betraten das Gelände und liefen den Weg hinauf zu dem kleinen Platz, den Kelly und Peter gestern Nacht aufgesucht hatten.

Er war mit einer guten Handvoll Menschen gefüllt, die vor einem schlichten Holzpult standen und einer Frau zuhörten, die gerade mit sanfter Stimme eine Rede hielt. Justus schätzte sie auf Mitte oder Ende vierzig, sie war füllig, die kurzen roten Haare standen ihr in allen Richtungen vom Kopf ab.

Es musste Nina Radamus sein, denn sie sprach gerade von »... unserer Marie Solaire Foundation, die sich so erfolgreich um das Erbe der Künstlerin kümmert. So wie eben jetzt auch um die Restaurierung des Denkmals des Dreiäugigen Schakals, ihres letzten Werks, zehn Jahre nach Marie Solaires Tod. Ganz so, wie sie es selbst in ihrem Testament festgelegt hat, dessen Kopie bei uns in der Foundation liegt.«

Ein Mann hielt sein Handy in Richtung des Rednerpults und nahm alles auf. Bob kannte ihn flüchtig, ein Journalist. Doch anders als Bobs Vater arbeitete er nicht bei der *Los Angeles Post,* sondern bei einem Internet-Magazin oder so. Wenn Bob sich richtig erinnerte, mochte sein Vater diesen Typen nicht, weil er sich gerne durch reißerische Schlagzeilen hervortat und dabei wenig Rücksicht auf die Betroffenen nahm.

Auch Justus hatte die Anwesenden in Augenschein genommen und entdeckte den Leiter der Stadtverwaltung von Rocky Beach. Nur Sekunden später wurde dieser auch direkt von der Rednerin angesprochen, die sich für den Zuschuss zur Restaurierung der Figur bedankte und gleichzeitig neues Geld von der Stadt einforderte.

Ein Mann in einem zerschlissenen grünen Jackett und einer knallroten Hose nickte dazu besonders heftig mit seinem kantigen Kopf. Es war Ryan Ford, ein langjähriger Marie-Solaire-Experte, wie man kurz darauf erfuhr, als Mrs Radamus ihn vorstellte. Er war Restaurator und sollte die Statue einmal komplett überholen. Es gab Verschmutzungen und kleine Wetterschäden, irgendetwas war abgeplatzt. Beim großen Gedenktag an Marie Solaire, zu dem der Förderverein die halbe Kunstwelt einladen würde, sollte das Kunstwerk dann wieder in altem Glanz erstrahlen. Das würde in drei Monaten zu ihrem Todestag geschehen.

Etwas versetzt von dem Restaurator stand ein Pärchen: eine Frau – Jeans, weiße Bluse, schlichtes, aber schickes Jackett –, Hand in Hand mit einem Mann, der eine lässige, teure Segelhose trug und mit einem farblich passenden Marie-Solaire-T-Shirt seine Ehrerbietung an die Künstlerin ausdrückte. Beide waren zusammen mit den drei ??? eben erst eingetroffen, waren aber nicht wie diese den Weg herauf-, sondern durch das angrenzende Waldstück heruntergekommen, vermutlich von der Villa her. Justus tippte daher auf Luke Kingsbury und seine Frau.

Ein weiterer Mann, mehrere Schritte abseits, sah ein wenig aus, als sei er aus der Zeit gefallen. Sein unmodischer und zu kurzer Anzug saß viel zu eng an dem kräftigen Körper. Wie ein Kontrast dazu wirkte der elegante Panamahut, unter dem im Nacken ein langer Zopf heraushing. Mit leicht amüsiertem Blick verfolgte der Mann die Szene.

Justus überlegte gerade, wer dieser Mensch wohl war, als ihn ein Lichtreflex ablenkte: Ein Stück weiter, halb verdeckt zwischen knorrigen Büschen, hockte ein Mädchen, vielleicht so alt wie er selbst. Schwarz gekleidet mit knallig bunten Haaren, eine Art Punkerin. Sie hielt ebenfalls ein Handy vor sich, mit dem sie die gesamte Szenerie aufnahm. Ob sie auch zu den geladenen Gästen zählte? Oder sich wie die drei ??? eingeschlichen hatte? Justus tippte auf Letzteres.

»Und nun möchte ich noch etwas zu dem Dreiäugigen Schakal sagen«, hörte Justus Mrs Radamus sprechen. »Bis heute weiß niemand, wer sich hinter der Maske des Dreiäugigen Schakals verbarg, der vor über zehn Jahren hier in Kalifornien Menschen bestahl und andere beschenkte, um den Wohlstand von den Reichen hin zu den Armen zu verteilen. Als die wunderbare Marie Solaire – die sich gerade in New York um eine exklusive Ausstellung kümmerte – von einem besonders spektakulären Überfall des Schakals hörte, ließ sie alles stehen und liegen und reiste eigens nach Los Angeles, um auf Tuchfühlung mit dem Dreiäugigen Schakal zu gehen. Denn er hatte sie schon länger interessiert: ein Unbekannter, der in Robin-Hood-Manier Gutes tun möchte – das entsprach genau den Charakteren, die sie in ihrer Kunst verewigte. Doch leider bekam auch sie nicht viel über den Schakal heraus. Wir wissen nur, dass der Unbekannte – oder auch die Unbekannte, wer weiß das nun schon so genau – ein großes Herz für Menschen in Not hatte. Der Dreiäugige Schakal bekämpfte Missstände aller Art, half, wo er nur konnte, aber immer über anonyme Spenden. Das Geld ergaunerte er sich mit Einbrüchen, bei denen er, um nicht erkannt zu werden, diese Maskierung trug. Gewiss war das verwerflich, doch es war auch für einen guten Zweck. Diese widersprüchliche Person hat Marie Solaire mit hoher Kunstfertigkeit und viel Gespür in diese ebenso widersprüchliche Skulptur verwandelt, die gleichzeitig Gefahr und Schrecken wie auch Wärme und Herz ausstrahlt. Sie hat sie unsterblich …«

»Arrrgh!«

Ein Schrei schallte über den Platz.

Und noch einmal: »Arrrgh!«

Irritiert unterbrach Nina Radamus ihre Rede. Alle blickten sich um. Wo war das seltsame Geräusch hergekommen?

Auch die drei ??? sahen umher. Ihr Blick blieb an der Statue des Dreiäugigen Schakals haften.

Diese hob plötzlich die Hand. »Hier bin ich!«

Ein Raunen ging durch die Anwesenden. Alle Augen richteten sich nach oben.

»Hiiiiieer!«

Das Denkmal trat einen kleinen Schritt nach vorne. »Verkehrte Anwesende, hochgemeines Publikum, dieses und ähnliches Zeug muss ich mir nun schon seit zehn Jahren reinziehen. Schulklassen werden zu mir hochgeschleppt und Kunstdozenten labern mich voll, bis mir die Farbe abplatzt. Ich sage euch: Hört auf damit! Was soll das Gequatsche von euch verstaubten Figuren? Habt ihr denn mein Erbe nicht verstanden? Ihr badet in Worten an schönen Orten, doch ist meine Botschaft, dass ihr was macht!«

»Tolle Show«, sagte der Journalist und hielt das Aufnahmegerät höher, »wirklich tolle Show. Wie habt ihr das bloß gemacht, Nina?«

Radamus, die zunächst wie zur Salzsäule erstarrt schien, kam nur mühsam wieder in Bewegung. »Das … Ich weiß nicht … Wir haben das nicht geplant«, stammelte sie ins Mikrofon. »Das … das muss … Wie kann das gehen?«

Doch das Denkmal ließ sich nicht unterbrechen. »Redet nicht Sachen, statt was zu machen; das Leid ist ein Loch, so tief wie das Meer, das läuft doch längst über, und ihr redet nur drüber …« Der dreiäugige Schakal hob eine Hand, als würde er sie zur Faust ballen wollen.

»Ein … Roboter?«, flüsterte Nina Radamus ins Mikrofon.

»Ein Mensch!«, rief der Mann von der Stadtverwaltung. »Das muss ein Mensch sein.«

»Los, Kollegen«, brüllte Peter, »den schnappen wir uns.«

Die drei ??? setzten sich in Bewegung und hetzten den Hügel hinauf. Auch weitere der Anwesenden wollten der Sache auf den Grund gehen und liefen los.

Als der Dreiäugige Schakal das bemerkte, drehte er sich um, sprang von seinem Sockel hinunter und verschwand auf der Rückseite des Hügels.

»Er haut ab«, rief die Frau, die neben Kingsbury stand.

Auch Justus hatte es gesehen. »Bob, du rennst seitwärts zwischen den Bäumen den Hügel entlang«, befahl er.

Die drei Jungen hatten etwas Vorsprung vor den anderen, die einige Momente später reagiert hatten. Bob zweigte ab, während Justus weiter bergan lief. Einige Meter vor ihm bildete Peter die Spitze des Trios. Nun blieb er stehen und sah sich um, wo Justus blieb.

»Weiter«, rief Justus, »du bist am schnellsten von uns. Schnapp ihn dir, wenn du kannst!«

Peter nickte und hatte kurz darauf den Gipfel des Hügels erreicht. Wenige Sekunden später war auch er aus Justus' Blickfeld verschwunden.

Wenn das mal nicht schiefgeht, schoss es dem Ersten Detektiv durch den Kopf. Was, wenn der Dreiäugige Schakal Peter irgendwo auflauerte? Der Erste Detektiv steigerte sein Tempo, auch wenn es ihm schwerfiel. Endlich hatte er den Sockel des Denkmals erreicht. Dahinter verlief ein Waldpfad abwärts, irgendwann musste man auf eine kleine Straße stoßen, die tiefer in die Berge führte.

Von Peter keine Spur.

Justus zögerte. Wohin sollte er sich wenden?

Da hörte er einen Schrei.

Peter!

Justus rannte los, den Pfad entlang. In der Ferne Motorengeräusch. Ein Wagen, der anfuhr.

Plötzlich lautes Knacken von der Seite, Bob kam herangejagt.

»Hast du Peter gehört?«, rief Justus ihm zu.

»Ja, als hätte er sich entsetzlich vor etwas erschrocken.«

Sie rannten weiter abwärts.

Bereits in der nächsten Kurve kam ihnen Peter entgegen.

»Die Statue ist abgehauen«, rief er und japste nach Luft, »fast hätte ich sie noch erwischt.«

»Hauptsache, dir ist nichts passiert«, sagte Justus und sah Peter erleichtert an.

Doch der war gar nicht zu beruhigen. »Dort unten ist ein Fahrweg. Der Dreiäugige Schakal wurde von einem Pick-up eingesammelt. Er ist auf den Beifahrersitz gesprungen, und weg waren sie.«

»Hast du das Kennzeichen sehen können?«, fragte Justus.

»Das war nicht nötig.« Peter holte Luft und sagte leise: »Es war der Pick-up deines Onkels!«

Die Spur des Pick-ups

Titus' Pick-up? Was hatte sein Onkel mit diesem Vorfall zu tun? Justus blieb kaum Zeit, den Schreck zu verdauen. Da kam schon einer der anderen Verfolger den Weg entlanggerannt, es war der Mann mit dem Panamahut und dem zu engen Anzug.

Völlig außer Atem kam er neben den drei ??? zum Stehen. »Die Statue ist verschwunden?«, schnaufte er.

Justus nickte. »Spurlos.«

»Dann müssen wir alles absuchen!« Der Mann wollte sich wieder in Bewegung setzen.

»Macht keinen Sinn«, sagte plötzlich eine Stimme dicht hinter ihnen. Sie gehörte Ryan Ford, dem Restaurator. Offenbar war er wie Bob um den Hügel herumgerannt. »Der Schakal ist in einem Auto weggefahren. Zumindest habe ich eben einen Wagen gehört. Habt ihr ihn gesehen?«

Peter nickte. »Ich, ja. Ein … hell…dunkler … Pick-up, vermutlich …« Peter warf Justus einen fragenden Blick zu.

»Grün, hast du gesagt«, behauptete Justus, ohne zu zögern.

»Ja, g…grün. Aber das … Kennzeichen konnte ich nicht erkennen.«

Mr Ford raufte sich die Haare. »So was! Da läuft mir doch glatt mein Kunstobjekt davon. Wie kann das sein? Und was ist nun mit meinem Auftrag?«

»Vielleicht hatte der Dreiäugige Schakal einfach keine Lust, von Ihnen auseinandergeschraubt zu werden«, rief der kräftige Mann mit dem Zopf. »Sie denken doch nur an Ihr Geld! Aber ich …« Er brach ab und wendete sich den drei ??? zu. »Entschuldigung. Constantin Krueger mein Name, ihr habt bestimmt schon von mir gehört, ich bin ein berühmter Historiker und Kunstforscher.«

»Wer kennt Sie denn schon außer ein paar Freaks«, rief der Restaurator aus. Man sah ihm deutlich an, wie unsympathisch ihm Constantin Krueger war. »Sie sind doch nichts als ein erfolgloser Denkmalversteher. Und ein fragwürdiger noch dazu, der vollkommenen Humbug in die Welt setzt. Ich sage nur: ›das große Geheimnis‹, das der Dreiäugige Schakal angeblich enthält.«

»Geheimnis? Sie meinen die Sache mit dem Goldschatz? Das habe ich doch so gar nicht gesagt. Diese Dinge verselbstständigen sich …«

Geheimnis? Die Sache mit dem Goldschatz? Justus horchte auf, doch mehr kam darüber leider nicht mehr zur Sprache. Denn Nina Radamus traf ein, die Leiterin der Stiftung, zusammen mit dem Journalisten.

»Verschwunden in einem grünen Pick-up«, nahm ihm Ford

dessen Frage vorweg. »Die drei Jungs haben es gesehen. Die Statue ist nicht mehr da. Einfach abgehauen.«

»Wie … kann so etwas … passieren?«, fragte Mrs Radamus mit unsicherer Stimme. Sie suchte nach Worten, fassungslos.

»Ferngesteuert«, mutmaßte Krueger. »Ein Roboter.«

Justus lachte. »Nein, werte Anwesende, das war keine Maschine. Das war ein Mensch.«

»Ein Mensch?« Nina Radamus bekam große Augen.

»Ich vermute, eine sogenannte ›lebende Statue‹«, erklärte Justus. »Wie man sie hin und wieder in Fußgängerzonen sieht. Täuschend echt zurechtgemachte Figuren, in denen jedoch Künstler stecken, die sich während der Show nicht bewegen.«

Jetzt fiel es Peter wie Schuppen von den Augen. Natürlich. Darauf hätte er auch selbst kommen können. Und davor hatte er Angst gehabt!

»Aber … warum? Was wollte diese … lebende Statue?«, fragte Mrs Radamus. »Und vor allem: Wo ist dann das eigentliche Denkmal?«

»Beides gilt es herauszufinden«, sagte Justus und warf einen Blick auf den Reporter, der sich bereits Notizen machte.

Nun sah der Journalist auf. »Könnt ihr den Pick-up näher beschreiben?« Abwechselnd blickte er die drei ??? an. »Grün, sagt ihr? Marke, Kennzeichen? Irgendein weiterer Hinweis?«

»Die Bäume haben mir die freie Sicht genommen«, antwortete Peter. »Mehr, als dass er grün war, habe ich leider nicht gesehen. Ein mittelgroßer grüner Pick-up, der schnell davongefahren ist.«

Der Blick des Reporters blieb auf Bob haften. »Bist du nicht Bob Andrews? Arbeitet dein Vater bei der *Los Angeles Post*?«

Bob nickte.

»Und ihr beiden ... Sagt mal, betreibt ihr drei nicht ...«

Justus unterbrach den Mann. Dass sie Detektive waren, ging hier niemanden etwas an. Noch nicht. »Wie war bitte noch mal Ihr Name, Sir?«

Mit etwas hochnäsiger Miene wandte sich der Reporter an Justus. »Mick Manson. Genannt Tricky Micky. Von *Pictures California*. Aber ihr müsstet doch mehr als das beobachtet haben, so schnell, wie ihr wart?«

»Leider nein«, sagte Bob mit fester Stimme.

Tricky Micky standen die Zweifel ins Gesicht geschrieben, aber er bohrte nicht mehr weiter.

Nina Radamus zuckte hilflos mit den Schultern und fuhr sich durch die kurzen roten Haare. »Wie dem auch sei. Was für eine Katatrophe«, verkündete sie mit leiser Stimme. »Die wertvolle Statue ist verschwunden. Wie soll ich das bloß meiner Stiftung erklären?«

»Vielleicht lassen Sie die Detektive suchen«, nahm Tricky Micky bis über beide Ohren grinsend seinen Faden wieder auf. Er wies auf Justus, Peter und Bob. »Diese drei Jungs hier betreiben ein Detektivbüro in Rocky Beach. Allerdings von sehr zweifelhaftem Ruf. Es würde mich nicht einmal wundern, wenn sie etwas mit der Sache zu tun haben.«

»Wie bitte?« Justus schoss das Blut in den Kopf. Er war kurz davor, zu explodieren.

Doch Nina Radamus sagte nur: »Jede Hilfe ist mir willkommen.« Ihr Blick ging den Weg zurück. Dort kam – zumindest äußerlich – völlig entspannt der Mann mit dem Marie-Solaire-T-Shirt entlanggeschritten, an seiner Hand die Frau im Jackett.

»Das nenne ich mal eine Überraschung«, sagte er, als er zu den anderen trat. »Ein Denkmal hält eine ›eindrucksvolle‹ Rede und kurz darauf vollzieht es einen noch viel eindrucksvolleren Abgang.« Er grüßte in die Runde. »Luke Kingsbury. Nennt mich einfach Lucky Luke.« Er lachte. Den Witz machte er wohl regelmäßig. »Mir gehört das alles hier. Und das ist Jana, meine wunderbare Partnerin mit nur einem Makel, ihrer Eifersucht auf Marie Solaire.«

»Wie kann man eifersüchtig auf eine verstorbene Künstlerin sein?«, fragte Nina Radamus etwas naiv, denn es war allen klar, dass Luke es nicht ganz ernst gemeint hatte.

»Luke bewundert Marie Solaire schon seit Langem«, sagte Jana und strich ihrem Lebensgefährten liebevoll über den Arm. »Das ganze Haus ist voll mit ihren Arbeiten.«

Luke legte seine Hand auf ihre. »Auch wenn ich zum Schakal ein zwiegespaltenes Verhältnis habe: Maries Werke sind eben einfach einzigartig. Apropos, wo ist denn der Schakal nun hingekommen?«

»Das ist die Frage aller Fragen«, sagte Justus.

»Willst du damit sagen, er ist weg?« Luke Kingsbury erbleichte. »Ich rufe jetzt die Polizei!«

Während Nina Radamus ihr Handy zückte, machte sich die Gruppe auf den Rückweg. Nach ein paar Metern gabelten sie den Herrn von der Stadtverwaltung auf, der sich im Wald verlaufen hatte.

So waren sie unten am Platz alle wieder versammelt. Nur von dem Punkmädchen, das alles auf ihrem Smartphone aufgenommen hatte, fehlte jede Spur.

Die drei ??? sahen sich noch eine Weile um, entdeckten aber nichts Verdächtiges. Als bald darauf zwei Polizeiofficer auftauchten, machten sie sich aus dem Staub. Von den Polizisten wollten sie vorerst lieber nicht zum Pick-up befragt werden.

Gedankenvoll radelten die drei ??? zurück zum Schrottplatz. Allen spukte dieselbe Frage im Kopf herum: Was in aller Welt hatte Onkel Titus mit dem Verschwinden des Dreiäugigen Schakals zu tun?

»Gestern Mittag ist mein Onkel mit dem Wagen weggefahren«, berichtete Justus, als die drei ??? die Räder auf den Wertstoffhof schoben. »Er wollte zwei Nächte wegbleiben und erst morgen früh wieder zurück sein.«

»Hat er gesagt, was er vorhat?«, fragte Bob.

»Er hat irgendetwas von einem alten Freund in den Bergen erwähnt, und dann musste ich schnell ins Haus verschwinden, um für dich eine Kiste mit alten Schallplatten vor Tante Mathilda zu retten.«

Genau diese Kiste stellte Tante Mathilda gerade zu den Ein-Dollar-Artikeln. »Da seid ihr ja endlich«, rief sie und richtete sich auf. »Ich dachte schon, alle meine Männer hätten mich verlassen. Der Platz muss in Ordnung gebracht werden, meine

Herren! Und wertloses Zeug muss raus. Raus, raus, raus! Ich wollte schon meine Freundinnen von der Lesegruppe einbestellen, aber die schaffen ehrlich gesagt noch viel weniger weg als ihr.« Sie lachte, denn ihr war klar, dass Justus bereits an einer Begründung bastelte, warum die drei ??? aktuell leider überhaupt keine Zeit für sie hatten.

»Wir müssen nur noch schnell etwas über den Dreiäugigen Schakal recherchieren«, sagte Justus dann auch, »später helfen wir, bestimmt.«

»Das sind Schulaufgaben«, murmelte Bob und bekam einen roten Kopf.

Tante Mathilda zog die Stirn in Falten.

»So eine Art Referat«, ergänzte Peter und sah schräg über die Umzäunung des Geländes.

»Wo ist eigentlich Onkel Titus?«, fragte Justus schnell.

»Dein Onkel macht das, was er am liebsten macht: Er tourt in der Gegend herum und durchwühlt alle möglichen Sachen, die andere Leute loswerden wollen. Dann packt er sie auf seinen Lastwagen, um alles hier abzuladen. Das wird morgen Nachmittag der Fall sein. Also brauchen wir Platz. Spätestens morgen früh erwarte ich euch. Für heute habt ihr frei.«

Das ließen sich die drei ??? nicht zweimal sagen und verzogen sich in die Zentrale.

Dort schnappte sich Justus sofort das Telefon. »Ich rufe erst mal meinen Onkel an«, sagte er. Er wählte die Nummer und stellte das Bürotelefon auf Lautsprecherfunktion, sodass Peter und Bob mithören konnten.

»Justus!«, kam es erstaunt aus dem Handy. »Alles in Ordnung bei euch?«

»Bei mir alles okay«, antwortete Justus. »Tante Mathilda hat allerdings ordentlich Respekt vor dem, was du morgen hier anschleppen wirst.«

Onkel Titus lachte. »Den sollte sie auch haben. Dieses Mal ist es so viel, dass ich sogar den Wagen wechseln musste.«

»Du meinst den Pick-up?«, fragte Justus nach einer Schrecksekunde. »Du hast ihn gegen ein anderes Auto getauscht?«

»Oh ja. Der wäre schon bei Joe voll geworden. Der hatte allerhand herumliegen, sehr interessant! Nur diese Schallplatten, die wollte er mir partout nicht geben. Schade irgendwie, schräges Zeug. Aber ich habe altes Gartengerät bekommen, ein Moped, ein riesiges Holzfass von einem Weingut ...«

»Und wo«, unterbrach Justus, »steht der Pick-up jetzt?«

»Na, bei Joe! Ich musste doch noch weiter in die Berge zu meinem zweiten Termin. Da habe ich den Wagen kurzerhand gegen Joes Kleinlaster getauscht. Und jetzt lade ich hier in einem Seniorenheim alles Mögliche auf. Die haben ihre Küche erneuert. Industriekühlschränke, verstehst du? Und 'ne tolle Fritteuse, muss nur noch sauber gemacht werden, ziemlich fettig. Vielleicht habt ihr ja Lust dazu und wollt euch ein paar Dollar verdienen. Aber vorher mache ich noch eine kurze Auszeit, Camping an einem kleinen Bergsee, wenn ich schon mal hier bin. Und wenn dann alles bei uns abgeladen ist, bringe ich Joe seinen Laster die Tage wieder zurück.«

Die drei ??? sahen sich an. Der Pick-up war bei diesem Joe.

Seinen alten Kumpel hatte Onkel Titus immer mal wieder erwähnt. Aber mehr wussten sie nicht von ihm, außer dass er eine kleine Holzfarm in den Bergen betrieb. War der Dreiäugige Schakal jetzt bei ihm?

Onkel Titus verriet noch die Adresse seines Freundes, dann verabschiedeten sie sich.

»Wir nehmen dein Auto, Bob«, entschied Justus.

Rapper

Der Weg in die Berge war kurvenreich. Bobs VW Käfer musste ganze Arbeit leisten. Zunächst ging es den Canyon hinauf, sie passierten den wundersamen Laden *Hidden Treasure* und das Anwesen des Rockmusikers Lenny The Rock, wo sie einmal einem sehr denkwürdigen Konzert beigewohnt hatten. Dahinter wurde es mit jeder Meile einsamer.

Fast hätten die drei ??? den schmalen Weg übersehen, der mit einem kleinen Holzschild versehen war: *Joe's Woodfarm, 300 m.*

Bob bog von der Straße ab und ließ den Käfer langsam durch die Schlaglöcher holpern. Aus Holz gearbeitete Figuren säumten links und rechts den Fahrweg.

Unterwegs hatten die Jungen noch einmal alles durchgesprochen, was geschehen war: Die Statue des Dreiäugigen Schakals aus dem Kingsbury-Park sollte restauriert werden, so wie es die Künstlerin in ihrem Testament festgelegt hatte. Bob hatte recherchiert, dass Marie Solaire vor zehn Jahren an einer

Krankheit gestorben war. Quasi als »Verabschiedung« des Schakals hatte es eine kleine Veranstaltung gegeben, bei der verschiedene Personen mit Bezug zur Skulptur anwesend gewesen waren: die nervöse Leiterin der *Marie Solaire Foundation*, Nina Radamus; der beauftragte und angeblich geldgierige Restaurator Ryan Ford; der seltsame Historiker und Forscher Constantin Krueger; der mehr als unangenehme Reporter Tricky Micky; Luke Kingsbury, der Besitzer des Parks, und seine Lebensgefährtin Jana; dann der Leiter der Stadtverwaltung von Rocky Beach und eine Punkerin, die Bob Siouxsie getauft hatte – nach dem Aufdruck auf ihrer Lederjacke. War einer oder eine von ihnen der Dieb? Ausschließen konnten sie im Prinzip keinen, außer vielleicht den Mann von der Verwaltung, den Justus von ein paar Veranstaltungen kannte und dem er eine solche Tat einfach nicht zutraute. Jedenfalls war mitten während der Veranstaltung dann die Statue ›lebendig‹ geworden, hatte eine merkwürdige Rede gehalten und war verschwunden – in Titus' Pick-up. Von der echten Statue fehlte ebenfalls jede Spur.

Auch wenn der Erste Detektiv eine Theorie zur ›spezialgelagerten Lebendigwerdung der Statue‹ entwickelt hatte – die er aber noch nicht aussprechen wollte –, hatten sie zum Hintergrund der Ereignisse noch herzlich wenig Erkenntnisse.

Erhellung erhofften sie sich nun von ihrem Besuch bei Joe.

Nach wenigen Minuten erreichten die drei ??? ein großes, aus Holzbrettern zusammengenageltes Tor. Das stattlichste der Bretter bildete den oberen Querbalken. In weinroter Schrift stand dort wieder: *Joe's Woodfarm*. Ein aufgemaltes Gesicht – wahrscheinlich das von Joe – lächelte ihnen von beiden Seiten des Schriftzugs zu.

Die Flügel des Tores standen weit offen. Sie hingen schief in den Angeln und wurden unten von Gras überwuchert. Man hatte sie sehr offensichtlich seit Jahren nicht mehr geschlossen.

Linker Hand lag ein offenes, aber überdachtes Sägewerk, an das sich ein größerer windschiefer Schuppen anschloss. Dort wurden vermutlich die bearbeiteten Holzstücke gelagert.

Doch der Schuppen war nicht das, was den drei ??? als Erstes ins Auge fiel, sondern das Auto, das davor parkte: ein blauer Pick-up. Es war das Auto von Onkel Titus.

Unbeladen.

»Hier sind wir richtig«, sagte Bob und fuhr langsam an dem Schuppen vorbei direkt auf ein Wohnhaus zu, das etwas weiter hinten auf einer kleinen Anhöhe stand. Ebenfalls aus Holz gearbeitet, war es in fröhlich-bunten Farben angemalt, rot, grün und gelb. Das sah eigentlich sehr freundlich aus. Eins der unteren Fenster stand offen.

Ein Jugendlicher saß auf den Stufen vor dem Haus und beschäftigte sich mit seinem Handy. Als er den Wagen der drei ??? bemerkte, erhob er sich und steckte das Telefon in die Hosentasche. Er war etwa im selben Alter wie Justus, Peter und Bob.

Bob ließ den Wagen ausrollen und kurbelte das Seitenfenster herunter. »Kann ich den Wagen hier stehen lassen?«

Seltsam anmutende Musik drang in das Wageninnere, sie schien durch das Fenster aus dem Haus zu kommen.

»Kannst du«, sagte der Junge und kam näher. »Seid ihr wegen Holzarbeiten hier? Dann sage ich Pa Bescheid.« Sein Blick fiel auf Bob, wanderte dann weiter zu Justus und schließlich zu Peter, der auf der Rückbank saß. Täuschte sich Bob oder war der Junge bei ihrem Anblick zusammengezuckt?

Für einen Moment hörten sie nur diese stampfende Musik. Eine Männerstimme sang den fremdsprachigen Text mit, was den schrägen Eindruck noch verstärkte.

»Deutsche Schlager?«, meldete sich Justus zu Wort und stieg aus der Beifahrertür aus. »Dein Pa hört deutsche Schlager?«

Ein Lächeln huschte über das Gesicht des Jungen. »Gut erkannt. Das wundert euch bestimmt, dass ein Amerikaner deutsche Schlager hört, oder? Noch dazu ein Schwarzer.«

»Ich könnte mir Gründe denken.« Justus zupfte an seiner Unterlippe. »Vielleicht hat dein Vater sich mal in Deutschland aufgehalten? Beim Militär?«

»Ganz genau. Er war bei der Army dort stationiert. Ist lange her. Seitdem hört er dieses Zeug und trinkt ›German Beer‹. Schreckliche Musik, wenn ihr mich fragt. Mein Ding ist Rap. Aber sagt mal, was wollt ihr hier? Ihr seid doch nicht zufällig hier draußen vorbeigekommen.«

»Besuch, Travis?« Der Vater des Jungen hatte den Kopf aus dem Fenster gesteckt.

»Stell das Gedudel leiser«, rief sein Sohn statt einer Antwort.

»Deine sogenannte Musik ist noch viel lauter«, kam es zurück, aber er drehte die Lautstärke herunter. Immer noch die Melodie pfeifend trat er kurz darauf auf die Veranda und sagte: »Joe ist mein Name, und ich liefere euch alles: *Schön und adrett – von Möbeln bis Parkett!*«

Travis sah ihn an und rollte genervt mit den Augen.

»*Eukalyptusholz ist mein ganzer Stolz*«, fügte Joe hinzu und grinste breit.

»Ja, ja«, ergänzte Travis, der das alles wohl schon tausendmal vernommen hatte. »Und *zu deinen Geistesblitzen gehört auch das Figurenschnitzen.*«

»So ist es«, sagte Joe und wurde ernst. »Dies als kleine akustische Visitenkarte. Also, worum geht es?«

»Visitenkarte ist ein gutes Stichwort«, sagte Justus und kramte die Pappkarte der drei ??? aus seinem Geldbeutel. »Ich bin Justus Jonas. Neffe von Titus Jonas, mit dem Sie, Joe, gut bekannt sind.«

Überrascht nahm Joe die Karte in die Hand. »Du bist Justus? Titus hat mir von dir erzählt. Ja, wir kennen uns von diesem oder jenem Handel, sind fast ein wenig befreundet, würde ich sagen. Ich habe ihm schon einige meiner Schlagerplatten vorgespielt. Die will er immer haben. Aber die kriegt er nicht.« Joe lachte in sich hinein. »Sind meine Schätze. Da drüben steht übrigens sein Auto. Seid ihr deswegen hier?«

»Genau.« Justus zeigte auf Bob und Peter und stellte sie vor.

Travis war bei den letzten Worten etwas zurückgewichen. Justus hatte es wahrgenommen, doch er fuhr fort: »Mein Onkel hat den Transporter für eine größere Ladung gegen Ihren Lastwagen getauscht, das hat er mir erzählt. Waren Sie mit dem Auto heute in Rocky Beach?«

»Rocky Beach?« Joe warf einen fragenden Blick auf seinen Sohn. »Du wolltest doch Instrumente von deiner Band ins …«

»Dad …«, begann Travis, doch er wurde von einem Geräusch unterbrochen. Ein Wagen näherte sich. Die drei ??? sahen zum Tor. Ein kleiner alter Ford kam herangeholpert. Auf seiner Kühlerhaube prangte der Schriftzug *Monument twomorrow*.

»Schau an, dein Freund Big Rock Bill rollt ein«, sagte Joe.

»Er hat Breezy abgeholt«, murmelte Travis. Mittlerweile sah er so aus, als wollte er sich am liebsten sofort aus dem Staub machen.

»Habt ihr Streit, Breezy und du?«, fragte Joe.

»Nein, nein.«

Der Ford hielt neben Bobs VW. Die Beifahrertür klappte auf. Ein Mädchen stieg aus. Es war die Punkerin aus dem Kingsbury-Park.

Videostar

»Hi, Breezy«, sagte Travis mit dünner Stimme, »hi, Big Rock.«

Ein kräftiger junger Mann quälte sich vom Fahrersitz. Er war deutlich größer als die drei ??? und brachte mindestens das doppelte Gewicht von Justus auf die Waage.

Siouxsie, die also in Wirklichkeit Breezy hieß, schlappte die Stufen hoch und drückte Travis einen Kuss auf den Mund. »Klassentreffen?«, fragte sie mit einem Blick in die Runde. Ihr Blick blieb an Justus hängen. »Oh nein«, rutschte es ihr heraus.

Sie hatte ihn erkannt, oder auch gleich alle drei.

Justus lächelte in sich hinein. »Du hast heute Morgen ein Video gedreht, Breezy«, ging er sofort aufs Ganze. »Ist es denn auch zu deiner Zufriedenheit ausgefallen?«

»Wenn Breezy ein Video dreht, wird es auch was«, sagte das Mädchen und sah Justus angriffslustig an. »Verstanden?«

»Breezy, das ist der Neffe von Titus Jonas, einem Freund von mir«, warf Joe ein. »Das sind nette Leute, also behandelt sie bitte freundlich. Was ist denn bloß los mit euch?«

»Sein Ton passt mir nicht.«

Justus ignorierte den Satz und kam auf die Schrift zu sprechen, die auf dem Auto stand. »*Monument twomorrow*, sagt dir das was, Bob?«, fragte er.

Bob war unter den drei ??? der Musikexperte . Und er wusste tatsächlich Bescheid. »Nicht gerade das, was du so hörst, Justus. Eine Crossover-Band, Rap und Rock. Als Markenzeichen lässt sich der Leadsänger als Fantasiefigur auf einem Sockel auf die Bühne schieben. Während der ersten Songs steht er völlig unbeweglich da, dann wirft er irgendwann die Klamotten weg und das Publikum tobt.«

Der Leadsänger als lebende Statue. Die Blicke der drei ??? richteten sich auf Travis.

»Scheiße, ja«, sagte Travis.

»Was geht hier eigentlich vor?«, fragte Joe seinen Sohn.

»Ich hatte heute einen Sondereinsatz«, sagte Travis. »Pa, ich hab's dir nicht gesagt. War nicht so wichtig und es wäre eigentlich auch nie rausgekommen, dass ich etwas damit zu tun ...«

»Der Plan scheint aber nicht ganz aufgegangen zu sein«, sagte Joe und sah Travis kopfschüttelnd an. »In was für einer Sache steckst du da drin? Muss ich mir Sorgen machen?«

Plötzlich setzte sich Big Rock Bill in Bewegung. »Ich war auch dabei«, erklärte er, »und Breezy auch. Wir waren zu dritt.«

»Wir haben nichts gestohlen«, fiel Breezy ihm ins Wort. »Es war nur eine Performance. Eine Art Aktionskunstwerk!«

»Soso, Aktionskunstwerk«, sagte Joe und holte tief Luft. »Kunstwerke schnitze ich für gewöhnlich aus Holz.«

»Weil du hinter dem Mond lebst, Joe«, rief Breezy. »Kunst geht heute anders, man macht jetzt Live-Performances und verbreitet sie auf allen Social-Media-Kanälen, das kriegt man halt nicht mit, wenn man immer nur …«

»Vorsicht, Breezy«, knurrte Joe, »meintest du, wenn man *immer nur deutsche Schlager hört*?«

Breezy machte eine wegwerfende Handbewegung und starrte in den Himmel.

»Joe, ich glaube, Sie brauchen sich noch nicht allzu große Sorgen zu machen«, sagte Justus in die entstandene Stille hinein. »Mir sind die Zusammenhänge nun klar. Irgendwie hat Travis mitbekommen, dass heute der Dreiäugige Schakal im Kingsbury-Park abgeschraubt werden soll. Travis ist nicht nur ein Musiker, sondern er beherrscht auch die Kunst der lebenden Statue, bei der man sich in ein Denkmal verwandelt, was einem echten Denkmal täuschend ähnlich sieht. Travis …«

»Er steht übrigens neben dir«, sagte Breezy.

Justus sah sie an. »Was meinst du?«

»Travis steht neben dir und du musst nicht in der dritten Person über ihn reden.«

»Ach so, ja.« Justus räusperte sich. »Travis dachte … Also, du dachtest, Travis, dass das eine gute Gelegenheit für eine Live-Performance ist, die Breezy mitschneidet und dann ins Internet stellt. Eine Kunst-Performance und vielleicht nebenbei auch eine klasse Werbung für eure Band. Korrekt?«

»Korrekt«, sagte Travis.

»Rap verdirbt den Charakter«, warf Joe ein.

»Wie bitte? Das sagst ausgerechnet du? Nun hör dir doch erst mal die ganze Geschichte an!«

»Okay, erzähl weiter«, sagte Joe und nickte Justus zu.

»Travis hat also statt des Originaldenkmals sich selbst auf den Sockel gestellt, wurde im passenden Moment lebendig und hat dem überraschten Publikum mit einer flammenden Rede ein paar deutliche Botschaften um die Ohren geschleudert.«

»Punk's not dead«, sagte Breezy. »Yeah.«

Peter fiel etwas ein. »Travis, warum warst du gestern Abend da oben auf dem Hügel und hast meine Freundin und mich erschreckt?«

»Ich habe geübt«, sagte Travis. »Generalprobe. Ob alles klappt. Big Rock war auch dabei, aber den habt ihr wahrscheinlich nicht bemerkt.«

»Sie sind ja auch gerannt wie die Hasen«, murmelte Big Rock grinsend.

»Kein Wunder, oder?«, sagte Bob. »Wenn man nicht damit rechnet, ist ein unerwartet lebendig werdendes Denkmal ganz schön erschreckend, vor allem in der Nacht.«

»Aber auch am Tage«, sagte Justus, der sich an die Reaktionen der Anwesenden erinnerte. »Ich fürchte, vor Überraschung wird sich kaum einer an deine Worte erinnern, Travis.«

»Die können dann ja mein Video anschauen«, warf Breezy ein. »Und ich sage euch, es lohnt sich! Travis' Botschaft ist genau dieselbe wie in den meisten seiner Songs: Statt des ewigen Geredes über ›Man müsste mal was tun‹ und des ganzen Wie-toll-wir-doch-sind-Geblubbers muss endlich Action her!

Gutes machen. Wie der Dreiäugige Schakal. Der hat auch nicht rumgelabert!«

»Sondern Leute überfallen und …«, begann Peter.

»Aber nur Idioten«, rief Breezy dazwischen.

»Hm«, machte Peter.

»Das ist eine schwierige Frage«, sagte Joe beschwichtigend und führte auf das Thema zurück. »Nach allem, was ich verstehe, bist du also mit dem Transporter von Titus Jonas nach Rocky Beach gefahren?«

»*Ich* bin gefahren«, präzisierte Big Rock.

»Deinen Lastwagen hattest du ja verliehen«, verteidigte sich Travis.

»Und die Figur? Der echte Dreiäugige Schakal? Was habt ihr mit dem gemacht?«

»Abgeschraubt, Pa, gestern Nacht. Ich habe dann zur Probe Denkmal gespielt, als plötzlich Peter und das Mädchen aufgetaucht sind. War schon stark, euch zu erschrecken …«

»Dann haben wir das Schakal-Ding in den Pick-up geschleppt und sind hergefahren«, sagte Big Rock. »Und heute Morgen, vor Sonnenaufgang, habe ich Travis nach Rocky Beach gebracht und er hat wieder Position bezogen. Ich habe hinten im Gelände gewartet, ihn nach der Show eingesammelt und zurück nach Hause transportiert.«

»Ist so eine Statue nicht sauschwer?«

»Ist sie. Sie ist zwar leicht konstruiert, aus dünnem Material. An die siebzig oder achtzig Kilo sind es trotzdem. Aber kaum ein Problem für einen wie Big Rock und mich.«

»Zumal wir eigentlich zu dritt sein wollten«, sagte Big Rock. »Warum ist Hank eigentlich aus der Sache ausgestiegen?«

»Es gab Streit«, sagte Travis. »Er ist der Meinung, dass ich ihm einen Song geklaut habe.«

»Welchen?«

»*Morning Cry.*«

»Oh. Mist. Ausgerechnet der, mit dem wir bestimmt mal Geld verdienen.«

»Geld, Geld …«, sagte Breezy. »Vergiss nicht unsere Vereinbarung. Wenn wir mit unserer Musik reich werden, geben wir einen Teil des Geldes an die, die's brauchen. Und was *Morning Cry* angeht: Das ist einfach ein geiler Song!«

»Der natürlich von mir ist«, sagte Travis.

Justus beschäftigten zwei ganz andere Fragen. »Ich habe eure Geschichte nun verstanden. Aber wo befindet sich die Statue jetzt? Und vor allem: Was habt ihr mit ihr vor?«

»Wir wollten sie heute Nacht an ihren Ort zurückbringen«, sagt Travis. »Natürlich möchten wir sie nicht stehlen. Sie war nur ausgeliehen, für die Performance.«

»Du sagtest *wollten*?«, bohrte Justus nach. »Nicht: *werden*? Travis, bitte zeige uns jetzt den Dreiäugigen Schakal! Er muss sich doch irgendwo hier auf dem Gelände befinden?«

Travis holte tief Luft, als bräuchte er für den nächsten Satz viel Anlauf. »Ich hätte euch wirklich gern zu ihm geführt«, sagte er. »Doch leider ist die Statue einfach … verschwunden!«

Die schwarze Hand

Nicht nur die drei ???, auch Breezy und Big Rock wirkten vollkommen überrascht.

»Der Dreiäugige Schakal ist nicht mehr da, wo wir ihn …?«

»Ganz genau, Big Rock«, sagte Travis, »ich habe vorhin nachgeschaut. Ich habe überhaupt alles abgesucht hier.«

»Vielleicht hat sich jemand einen dummen Scherz erlaubt«, sagte Breezy und sah Travis' Vater an.

Joe grinste schief. »Wenn du mich damit meinst, dann bist wohl eher du der Scherz, Breezy. Ich hatte doch von alledem keine Ahnung! Und wie soll ich mit meinem kaputten Rücken so ein schweres Ding bewegen?«

»Die Figur lag auf einem Anhänger«, sagte Big Rock.

»Der ebenfalls verschwunden ist«, fügte Travis hinzu. »Und von alleine weggerollt sein wird er wohl kaum. Jemand muss die Figur gestohlen haben.«

Kurz schoss Justus der Gedanke durch den Kopf, ob das Ganze vielleicht eine abgesprochene Show der drei war, um die

Statue doch selbst zu behalten. Doch Big Rock und Breezy hatten viel zu perplex reagiert. Und eigentlich vertraute Justus Travis. Er wirkte ehrlich. Travis hatte seinen Spaß gehabt und bekommen, was er wollte, warum sollte er nun die Figur auch noch stehlen?

»Wie viel ist so eine Skulptur eigentlich wert?« Bob dachte offenbar in eine ähnliche Richtung.

»Schwer zu sagen«, überlegte Justus. »Ein Fan von Marie Solaire könnte durchaus eine Menge Geld auf den Tisch legen, um sich den Schakal privat auf die Terrasse zu stellen. Aber ohne aufzufallen kann man so ein Kunstwerk nicht auf dem Markt anbieten. Wenn ein derartig motivierter Diebstahl dahintersteckt, muss es sich also um eine Auftragsarbeit handeln.« Justus' Blick wanderte prüfend in die Runde, doch er fand nur Fragezeichen in den Mienen.

»Vielleicht birgt die Figur ein Geheimnis in ihrem Inneren«, testete Peter an und sah Travis genau ins Gesicht.

»Vielleicht ein Schatz?«, legte Bob nach.

Doch es war nicht Travis, sondern Big Rock, der darauf ansprang. »Ein Schatz? Diamanten? Gold? – Scheiße, warum haben wir das Ding nicht untersucht!«

»Ihr hättet euren Fund sowieso nicht behalten dürfen«, warf Joe ein.

Breezy holte Luft. »Immer dieses blöde elternhafte Realitätsprinzip!«

Auch Justus hatte genau auf die Reaktionen geachtet. Er nahm den Anwesenden ab, dass sie zum ersten Mal von diesem

Schatz hörten. Travis hatte zwar etwas verhalten regiert, aber vielleicht war er auch nur genervt. »Der Schatz ist reine Spekulation«, wischte Justus den auflodernden Gedanken vom Tisch, schnell reich werden zu können.

»Jedenfalls hab ich jetzt echt ein Problem«, sagte Travis. »Man wird glauben, dass ich die Figur gestohlen und weiterverkauft habe. Wenn's dumm läuft, endet das im Gefängnis.«

Auch das sprach gegen Travis als Täter, dachte Justus.

»Wenn man dir überhaupt auf die Schliche kommt«, sagte Breezy und beäugte die drei ??? kritisch. »Ihr werdet ihn doch wohl nicht verpetzen, oder? Ihr seht zwar aus wie ziemliche Spießer, aber ihr werdet Travis ja hoffentlich nicht der Polizei ans Messer liefern!«

Spießer? Justus zuckte innerlich zusammen, blieb jedoch nach außen hin ruhig. Statt einen Kommentar abzugeben, nickte er Travis zu. »Zeige uns bitte, wo du die Figur versteckt hattest«, sagte er.

»Dann kommt mit.« Travis setzte sich in Bewegung und steuerte auf den Schuppen zu, vor dem der blaue Pick-up stand. Die anderen folgten ihm. Je näher sie kamen, desto mehr verstärkte sich der Eindruck, dass der Schuppen beim nächsten starken Sturm einfach in sich zusammenklappen würde.

»Dadrinnen bewahren wir die zugeschnittenen Bretter auf«, sagte Travis, und Joe ergänzte: »Und auch das ein oder andere fertige Möbelstück, bis es abgeholt wird.«

Das Tor war einst durch ein Vorhängeschloss gesichert gewesen, das nun angerostet in der Halterung hing.

»Hier klaut niemand etwas«, sagte Joe, der Justus' Blick auf das nutzlose Teil bemerkt hatte. »Normalerweise.«

»Natürlich.« Justus sah in die Runde. »Es handelt sich hier um einen Tatort. An einem Tatort sind Spuren von eminenter Bedeutung. Insofern bitte ich alle sehr höflich, hier draußen zu warten. Peter, Bob und ich werden mit Travis hineingehen und uns vorsichtig umsehen.«

»Zu viert geht ihr da rein? Das ist ja fast schon eine kleine Elefantenherde«, bemerkte Breezy süffisant.

»Also, Travis, wollen wir?«, fragte Justus.

Innen war es nicht so dunkel, wie die drei ??? angenommen hatten. Durch die vielen Spalte und Ritzen fiel genug Licht, dass sie sich einen Überblick verschaffen konnten. Linker Hand zeugten mehrere sorgfältig aufgeschichtete Bretterstapel davon, dass es dem Betrieb an Bauholz nicht mangelte. Auf der rechten Seite lagerten die erwähnten fertigen Möbel, einige Kommoden, ein paar Tische und Schmuckschnitzereien. Vielleicht gut zehn Objekte. Der Raum dazwischen war leer, bis auf einen Schrank, der ganz am Ende an der Wand stand.

Travis deutete genau dorthin. »Davor stand der Anhänger«, sagte er.

»Konnte man den Schakal direkt sehen?«

»Natürlich nicht, ich hatte eine Plane drübergehängt.«

Justus bückte sich und untersuchte den sandigen Boden. Unzählige Reifenspuren überlagerten sich, sie schienen alle von demselben Fahrzeug zu stammen.

»Warum wolltest du, dass die anderen draußen bleiben?«,

fragte Travis. »Hast du sie etwa in Verdacht? Für jeden von uns lege ich meine Hand ins Feuer.«

»Ich weiß«, sagte Justus nur. »Travis, wo hast du eigentlich deine Verkleidung deponiert?«

»Du meinst die für den Dreiäugigen Schakal? Sie liegt dahinten unter einigem Zeug versteckt.«

Travis ging voran und die drei ??? folgten ihm.

Tatsächlich. Am Boden neben dem Schrank lag zwischen Schaumstoffteilen und Farbdosen vorsichtig zusammengelegt – so gut es mit dem spröden Material wohl ging – eine Art Kleid, das in seiner Oberflächenbeschaffenheit dem Material, aus dem das Denkmal bestand, zum Verwechseln ähnlich sah. Doch es war kein Metall, wie die drei ??? durch Befühlen feststellen konnten. Eher stoffartig, aber stabiler.

»Wie hast du das so gut hinbekommen?«, fragte Bob erstaunt.

»Experimente«, sagte Travis, »und Erfahrung. Ich mache das seit vielen Jahren, seit ich als kleines Kind mal im Fernsehen einen Bericht über Johnman gesehen habe, einen Weltmeister der lebenden Statuen. Da fing ich Feuer. Inzwischen bin ich ganz gut in der Materialverarbeitung.« Er öffnete den Schrank. »Hier, meine Werkstatt.«

Die drei ??? warfen einen Blick hinein und sahen weitere Farbsprühdosen, Schaumstoffe und andere Materialien.

Peter nahm ein Stück Styropor in die Hand. »Wozu braucht man das?«

»Zum Ausstopfen der Formen«, erwiderte Travis. »Wenn etwas Zwischenraum zwischen einem selbst und dem Kostüm bleibt, kann man auch ganz gut darunter atmen, ohne dass es von draußen auffällt. Und für die Oberflächen mixe ich mir Farben zusammen, bis es passt. Es ist eine echte Kunst, etwas so aussehen zu lassen, als sei es aus Kupfer, Bronze oder einem anderen Metall.«

»Und damit trittst du in deinen Musikshows auf?«, fragte Bob.

»Ist meine Spezialität, ja, und das Markenzeichen unserer Band. Manchmal stehe ich vor der Vorstellung auch bewegungslos am Eingang der Show und beobachte die Leute. Das macht schon Spaß … Allerdings nicht in dem Dreiäugigen Schakal natürlich, dort habe ich andere Personas, so nennen wir unsere Figuren. Wollt ihr sie sehen?«

»Später«, sagte Justus. So interessant das alles war, dafür hatten sie jetzt keine Zeit. Zwischen all den Materialien entdeckte er auch die Maske des Dreiäugigen Schakals. »Die sieht sehr eindrucksvoll aus. Wie lange hast du für die Verkleidung gebraucht?«

»Ein paar Wochen. Als ich von der geplanten Restaurierung des Denkmals hörte, habe ich damit angefangen. Alles eins zu eins nachgebaut. Ich habe mir nur den Spaß erlaubt, für nachts im dritten Auge eine rote Lampe einzusetzen.«

»Wie hält man eigentlich so lange still?«, fragte Peter. »Ich habe schon öfter den Statuen zugeschaut, die sich mit einem Hut für Spenden beim Strand platzieren oder in der Fußgängerzone. Die bewegen sich null Komma null.«

»Übung«, sagte Travis. »Viel Übung. Wenn du das immer

wieder machst, lernst du deinen Körper kennen. Geduld haben. Und langweilig wird es einem nie. Man kann wunderbar die Leute beobachten und schauen, wie sie reagieren.«

»Danke für die Einblicke, Travis«, sagte Justus. »Ich dachte mir schon, dass viel Arbeit dahintersteckt.«

Die drei ??? beschlossen, sich nach möglichen Spuren umzusehen, und nahmen sich jeder eine andere Ecke vor. Wonach sie genau suchten, wussten sie nicht. Nach etwas Auffälligem oder nach einem Gegenstand, den der Täter verloren haben könnte.

»Ihr werdet nichts finden«, sagte Travis, »außer ein paar alten Football-Sammelbildern, die ich hier mal verloren habe.« Er blickte zur Eingangstür, hinter der man die anderen diskutieren hören konnte. »Und was erwartet ihr auch? Eine Visitenkarte mit dem Namen des Täters? Moment mal!«

Mit starrem Blick lief Travis seitlich auf das Tor zu. Justus folgte ihm sofort. Jetzt sah er es ebenfalls. Neben dem linken Pfosten lag etwas Dunkles. Als er näher kam, erkannte er, dass es eine metallene Hand war, die dort im Staub auf dem Boden lag. Travis wollte sie aufheben.

»Nicht anfassen«, rief Justus, »vielleicht sind Fingerabdrücke drauf!« Der Erste Detektiv nahm ein Tuch, das er auf einem der Möbelstücke fand, bückte sich und hob die Hand hoch. Knorrige Finger mit langen gekrümmten Fingernägeln. Alles aus schwarz bemaltem Metall.

»Die Hand des Dreiäugigen Schakals«, sagte Justus und hielt sie in die Luft wie eine Trophäe.

Hausdurchsuchung

»Gruselig!« Peter und Bob waren zu Justus getreten und nahmen die Hand des Dreiäugigen Schakals in Augenschein. Marie Solaire hatte sich wirklich Mühe gegeben, sie möglichst knochig zu gestalten. »Aber was hilft uns das?«

»Ich weiß es noch nicht«, sagte Justus. »Jedenfalls ist die Figur jetzt unvollständig. Es muss beim Herausfahren des Wagens passiert sein. Da ist die linke Hand an der Türkante hängen geblieben.« Der Erste Detektiv blickte auf die schmalen Rillen am Handgelenk. »Die Skulptur besteht offenbar aus Einzelteilen, die sich zusammenschrauben lassen. Die Hand wurde anscheinend aus dem Gewinde gedrückt und ist heruntergefallen. Ihr Fundort auf der Innenseite des Tores deutet darauf hin.«

Von draußen war lautes Gemurmel zu hören.

»Gehen wir zurück zu den anderen«, schlug Travis vor, »die werden unruhig.«

Justus nickte und wickelte die Hand in das Tuch ein. »Wir

nehmen das Fundstück mit in unsere Zentrale und untersuchen es auf Fingerabdrücke. So lange bitte zu niemandem ein Wort.«

Travis zuckte mit den Schultern und öffnete das Tor.

»Erste Erkenntnisse?«, wollte Breezy wissen und deutete grinsend auf das eingewickelte Paket in Justus' Hand.

»Wir wissen es noch nicht«, sagte Justus vieldeutig. Was hatte sie mitbekommen?

»Vielleicht hilft euch das weiter«, sagte Joe. Der Vater von Travis zeigte auf den Fahrweg. »Diese Reifenspur ist nicht von mir. Sieht so aus, als sei jemand rückwärts an den Schuppen herangefahren, um den Anhänger abzuschleppen.«

Justus bückte sich, um die Spur näher in Augenschein zu nehmen und mit seinem Handy Bilder davon zu machen. Dann stand er wieder auf und wandte sich an Joe. »Danke für den Hinweis. Wo sind Sie eigentlich gewesen, als der Diebstahl der Statue geschah? Sie müssten doch etwas mitbekommen haben.«

»Ich war wohl gar nicht hier, als es passierte. Ich bekam heute Morgen einen Anruf, ich solle sofort nach Springbridge kommen. Dort besitze ich ein kleines Waldstück. Jemand würde Bäume umholzen. Vandalismus. Ich habe mir Travis' Baseballschläger geschnappt und bin gleich hin. Doch da war nichts.«

»Wie lange hat das gedauert?«

»Na, 'ne Stunde bestimmt.«

»Und der oder die Anruferin – wurde ein Name genannt?«

»Anonym, Justus, männlich«, sagte Joe. Nun war es ihm klar. »Logisch, ich wurde weggelockt.«

Justus nickte. »Wo liegt Springbrigde?«

»Weiter in den Bergen, warum?«

»Weil der Dieb vermutlich aus der anderen Richtung gekommen ist«, sagte Justus. »Also von talabwärts. Sonst wären Sie ihm ja eventuell begegnet. Ein solches Risiko konnte er nicht eingehen.«

»Was den Kreis der Verdächtigen ja auf ein paar Millionen Menschen einschränkt«, sagte Joe.

Immer noch hielt Justus das Bündel in der Hand. »Peter, Bob und ich fahren nach Rocky Beach und recherchieren weiter.«

Travis nickte. »Findet bitte möglichst schnell diese Statue, sonst bin ich dran. Ihr würdet mir wirklich sehr helfen.«

»Ist das als Auftrag an die drei ??? gemeint?«, fragte Bob.

Travis nickte. »Sagt mir, wie ich mitmachen kann. Damit es nicht so teuer wird.«

»Wir nehmen kein Honorar«, erklärte Justus, »der Erfolg ist uns als Lohn genug. Aber zur Bestätigung erhältst du unsere Visitenkarte.«

Travis nahm die Karte entgegen und las sie durch. »Danke«, sagte er.

»Gern.« Die drei ??? verabschiedeten sich, stiegen in ihr Auto und verließen Joe's Woodfarm.

»Den ursprünglichen Fall um das sprechende Denkmal haben wir gelöst«, sagte Bob, kaum dass er sein Auto durch das Tor gelenkt hatte. »Travis wollte die erlesene Gesellschaft schocken und eine flammende Rede halten.«

»Nur ist jetzt leider das Denkmal verschwunden«, meldete sich Peter von der Rückbank. »Und plötzlich steht Travis als Dieb da. Müssten wir ihn doch der Polizei ausliefern? Ich weiß nicht. Er hat uns beauftragt, die Figur zu finden. Oder glaubt ihr etwa, dass er selbst dahintersteckt?«

»Nein«, antwortete Justus. »So wie Travis sich verhält, hatte er nichts Böses vor. Und von einem Schatz hatten sie alle drei ziemlich sicher noch nie etwas gehört. Seine Kunst-Performance mag nicht jedem gefallen und für das Entfernen der Statue wird er auch eine Strafe bekommen. Aber jetzt steckt er richtig in Schwierigkeiten.«

»Weil er den Schakal nicht mehr zurückgeben kann«, ergänzte Bob. »Wenn ihm die Polizei auf die Spur kommt, sieht es so aus, als hätte er ihn gestohlen. Wir müssen die Figur wiederfinden, dann kommt er einigermaßen ungeschoren davon.«

»Aber wie fangen wir das an?«, fragte Peter.

Justus dachte nach. »Wir werden mit den Beteiligten sprechen. Und wenn sich jemand den Schakal in den Garten stellen will, dann ist er bestimmt interessiert an der fehlenden Hand. Vielleicht können wir es irgendwie nutzen, dass wir sie haben.«

Nach unzähligen Serpentinen erreichten sie Rocky Beach. Schwungvoll steuerte Bob den Käfer auf den Schrottplatz. Doch einen Moment später trat er dermaßen fest auf die Bremse, dass der Kies unter den Reifen knirschte. »Den Wagen kenne ich doch.«

Es war ein roter Alfa, der direkt vor der Veranda des Wohnhauses parkte. Ein Cabrio, das Dach offen.

»Kommissarin Lisa Merryweather?«, sagte Justus erstaunt. »Was will die denn hier?« Mit der Kommissarin hatten es die Detektive bereits einmal zu tun gehabt. Sie war vor einiger Zeit für eine Weile von Los Angeles nach Rocky Beach versetzt worden, um Inspektor Cotta zu vertreten, der sich eine berufliche Auszeit genommen hatte. Damals hatte sie immer wieder betont, dass so ein Nest wie Rocky Beach unter ihrer Würde sei, doch schließlich hatte die Kommissarin nur mithilfe der drei ??? den Fall lösen können.

Kaum war der Käfer zum Stehen gekommen, als die Kommissarin auch schon aus der Tür des Wohnhauses trat. Ihr knallbuntes Kleid hätte aus einer der Klamottenkisten des Wertstoffhandels stammen können, und vielleicht tat es das sogar, denn nach dem letzten Fall war Merryweather noch ein paarmal hierhergekommen und hatte – wortreich beraten von Onkel Titus – in den alten Sachen herumgestöbert.

Ihre Miene verriet nichts Gutes. »Da seid ihr ja, Fragezeichen.« In wenigen Schritten war sie bei dem VW. »Wollt ihr nicht aussteigen?«

Justus ließ das Bündel mit der Hand des Schakals, das er die ganze Zeit über auf seinem Schoß transportiert hatte, möglichst unauffällig in den Fußraum gleiten. Dann öffnete er die Tür. »Kommissarin Merryweather, welch eine ... Überraschung.«

Die Kommissarin drehte sich zu Tante Mathilda um, die ebenfalls aus dem Haus getreten war, und machte eine abwehrende Handgeste. »Ich möchte alleine mit den Jungs sprechen. Bitte.«

Mathilda Jonas warf der Kommissarin einen skeptischen Blick zu, machte sich im Schneckentempo auf den Rückweg, blieb aber auf halber Strecke wieder stehen.

»Sehr neugierig, die Dame.« Die Kommissarin wandte sich an die drei Jungen. »Können wir irgendwo anders hingehen?«

»Die Freiluftwerkstatt«, schlug Justus vor und lief voraus zu dem überdachten Bereich. »Ich muss gestehen, es überrascht mich, Sie wieder hier zu sehen, Mrs Merryweather«, sagte er, als sie dort ankamen.

Die Kommissarin blinzelte ihn an. »Überraschungen dieser Art liebst du nicht so sehr, nicht wahr? Ja, euer Inspektor Cotta ist erneut ausgefallen, aber es geht ihm schon wieder besser, sodass meine Verbannung ein baldiges Ende hat.«

»Verbannung?«, fragte Justus nach.

Sie lachte auf. »So empfinde ich es nun einmal. Aber wie dem auch sei. Ihr könnt euch bestimmt denken, warum ich euch aufgesucht habe.«

»Ehrlich gesagt nein«, log Justus.

»Es war wirklich ein netter Scherz, den ihr euch da ausgedacht habt, aber nun ist gut damit.«

»Scherz?«, fragte Peter, der völlig im Dunklen tappte.

»Ja, Scherz«, sagte Kommissarin Merryweather. »Ich will mal das Beste für euch annehmen. An anderes möchte ich gar nicht denken. Ich brauche nur mit dem Finger zu schnipsen und meine Polizeihundertschaft ist da und stellt hier alles auf den Kopf. Den ganzen Schrottplatz. Oder Wertstoffhandel, wie dein netter Onkel immer sagt. Wo ist er überhaupt?«

»Haben Sie das nicht schon meine Tante gefragt?«

»Habe ich, Justus, aber sie hat sich nicht klar dazu geäußert. Also, eine Hausdurchsuchung … da müsst ihr tagelang Kisten schleppen, bis ihr wieder alles aufgeräumt habt. Deine Tante wird außer sich sein und ihr bekommt den ganzen Ärger ab.«

»Ist das so etwas wie eine Drohung?«, fragte Justus trocken.

»Aber nicht doch. Deine Tante hat mir erzählt, wie schwer es ist, euch zum Aufräumen zu motivieren, weil ihr dauernd in irgendwelchen Geheimnissen herumfuhrwerkt. Aber nun raus mit der Sprache: Wo ist dieses … Denkmal?«

Die Kommissarin kümmerte sich also tatsächlich um den verschwundenen Dreiäugigen Schakal. »Wir wissen es nicht«, sagte Justus ruhig. Und wahrheitsgemäß.

Lisa Merryweather legte den Kopf schief und sah den Ersten Detektiv amüsiert an. »Justus Jonas weiß etwas nicht«, sagte sie mit ironischem Unterton in der Stimme. »Das kommt ja nicht so oft vor.«

»Woraus schließen Sie bitte, dass wir etwas mit der Sache zu tun haben?«, fragte Justus.

Sie holte Luft. »Wisst ihr, Polizeiarbeit funktioniert eigentlich so, dass die Kommissarin die Fragen stellt und die Verdächtigen antworten.«

»Sie verdächtigen uns?«, fragte Bob erstaunt.

»Sicher. Schließlich wart ihr mit versammelter Mannschaft vor Ort. Uneingeladen, wie ich weiß. Und dann ist das Denkmal verschwunden. Oder vielmehr: der Darsteller des Denkmals. Und soll ich euch mal verraten, mit was für einem Auto?«

Das war es also. Sie hatte die Information. »Es war der Pick-up meines Onkels«, sagte Justus, »ich weiß.«

»Na also«, gab sich die Kommissarin versöhnlich. »Geht doch. Dann kann ich mir die Hausdurchsuchung ja sparen. Jetzt aber raus mit der Sprache. Was wisst ihr?«

»Das ist nicht so einfach zu erläutern«, sagte Justus und die drei ??? warfen sich ein paar Blicke zu. Sie waren sich einig, dass sie Travis nicht verraten wollten. Nicht, solange sie die Statue nicht wiedergefunden hatten.

»Nun?«, drängelte Kommissarin Merryweather. »Hoppla!« Sie hatte sich lässig an die Werkbank gelehnt und bemerkte gerade, dass ihr knallgelber Rock nun einen schwarzen Farbstreifen trug. Sie ignorierte es jedoch. »Ich höre«, sagte sie stattdessen.

»Wir besitzen die Statue nicht und wir haben auch keine Ahnung, wo sie ist. Wir können wirklich nichts dazu zu Protokoll geben«, fasste Justus den Stand der Dinge zusammen.

»Ihr seid schon ein harter Brocken«, stöhnte Merryweather. »*Drei* harte Brocken, genauer gesagt.« Sie blickte auf, weil sie ein Geräusch gehört hatte. »Ach, Sie schon wieder? Wollen Sie den Jungs ihre Stullen bringen?«

Mathilda Jonas stand an der Ecke zur Freiluftwerkstatt. Für die drei ??? war schon schlimm genug, dass sie möglicherweise das Gespräch mitbekommen hatte. Doch noch viel erschreckender war, was sie da in den Händen hielt: die schwarze Hand des Dreiäugigen Schakals!

Lauschangriff

»Ich habe nicht gelauscht«, erklärte Tante Mathilda, »nicht, dass Sie einen falschen Eindruck bekommen.«

»Ich glaube, mein Eindruck passt schon ganz gut«, antwortete Kommissarin Merryweather. »Und was ist das für ein Ding da in Ihrer Hand?«

»Die Tür des VW war nicht richtig zu, und als ich sie schließen wollte, habe ich das zufällig gesehen. Ich wollte nur kurz fragen, wo dieses gruselige Etwas hinsoll. Ich möchte solche Sachen eigentlich nicht in unserem Altwarenhandel haben.«

Das war nur eine Ausrede, um hier aufzutauchen, das war Justus klar. Doch das nutzte nun nichts mehr. Das Kind war in den Brunnen gefallen. Denn die Kommissarin hatte den Gegenstand fest in ihren Blick genommen.

»Ach, das ist ja sehr interessant, zeigen Sie mal«, sagte sie und trat auf Tante Mathilda zu.

Die drei ??? warfen sich verzweifelte Blicke zu. Nun konnten nur noch Notlügen helfen. Wenn überhaupt.

Schon hatte Merryweather die Hand der Statue an sich genommen. Sie drehte und wendete sie. »Na, wenn das mal nicht zu dem Dreiäugigen Schakal gehört.«

»Dreiäugigen … was?«, fragte Tante Mathilda. Sie hatte also noch nicht viel von ihrem Gespräch mitbekommen.

Mrs Merryweather wandte sich ihr zu. »Eine Statue, Mrs Jonas. Knapp einen Meter achtzig groß. Aus schwarz bemaltem Metall. Muss irgendwo hier auf dem Gelände sein.«

»Nun, die Jungs schleppen viel an«, begann Tante Mathilda und warf irritierte Blicke auf ihren Neffen, »aber eine so große Statue? Die hätte mir doch auffallen müssen.«

»Und wo genau haben Sie die Hand gefunden?«

»Also …« Inzwischen hatte Tante Mathilda verstanden, dass sie den drei ??? keinen Gefallen getan hatte. Sie druckste herum, doch Justus rettete sie aus der Situation.

»In unserem Auto. Wir haben den Tatort untersucht und die Hand entdeckt. Das ist alles.«

»Den Tatort untersucht?« Nun war Tante Mathilda alarmiert.

»Bitte, Mrs Jonas, lassen Sie mich mit den Jungs alleine, ja? Das lässt sich alles klären.«

Doch so einfach ließ sich Tante Mathilda nicht mehr vertreiben. »Steckt ihr wieder in so einer Geschichte? So tief, dass sogar die Polizei einschreiten muss? Und ausgerechnet noch in Form dieser, dieser … Person?«

»Mrs Jonas …«, versuchte es Merryweather erneut.

»Sind die drei etwa in Gefahr?«, wandte sich Tante Mathilda an die Kommissarin. »Ich bitte Sie, sagen Sie es mir ehrlich.«

»Ich glaube nicht, dass sie in Gefahr sind. Aber wenn Sie mich nicht augenblicklich meine Arbeit tun lassen, muss ich die Jungs mit auf die Wache nehmen. Mit Blaulicht und Sirene, und Ihre ganze Nachbarschaft wird in den Fenstern hängen und sich den Mund darüber zerreißen.«

Das wirkte. »Also gut. Aber ihr erstattet mir dann Bericht.« Mit einem verdrießlichen Blick räumte Mathilda Jonas das Feld.

Die Kommissarin atmete erleichtert aus. »So, und nun zu euch. Die ganze Geschichte bitte.«

»Kommissarin Merryweather«, begann Justus. »Wir sind doch auf derselben Seite. Zufällig haben wir die kleine Zeremonie beim Denkmal besucht ...«

»Zufällig?«

»Nun ja, wir wollten einen Aufsatz über den Dreiäugigen Schakal schreiben, Heimatkunde, er hat doch in dieser Gegend viel Schlimmes, aber auch viel Gutes getan.«

»Heimatkunde?«, wiederholte Merryweather zweifelnd, doch sie ließ Justus weiterreden.

»Und da ist diese Statue verschwunden. Seitdem versuchen wir, das Rätsel zu lösen. Aber sehr weit sind wir in unseren Ermittlungen leider noch nicht gekommen.«

»Vielleicht könnt ihr mir ja verraten, was der Pick-up eures Onkels damit zu tun hat. Ihn kann ich ja leider nicht fragen.«

»Den Pick-up?«

»Deinen Onkel.«

»Wir melden uns bei Ihnen, wenn wir über gesichertes Wissen verfügen.«

»Ihr hattet also keinen Helfer, der den Wagen für euch gesteuert hat?«

Justus stöhnte auf. »Wie soll das alles gehen? Wir waren doch im Publikum. Und bitte – warum sollten wir uns so einen Scherz erlauben?«

Kommissarin Merryweather sah die drei ??? eine Weile an. »Also gut«, sagte sie, »bei unserem gemeinsamen Fall damals habe ich zwei Erfahrungen mit euch gemacht. Erstens: Wenn es darauf ankommt, kann man euch trauen. Zweitens: Leider braucht ihr hin und wieder etwas Freiraum. Und ich hoffe, ihr neigt nicht wieder dazu, euch in Gefahr zu begeben.«

»Das sind drei«, sagte Justus. »Drei Erfahrungen.«

Die Kommissarin sah ihn scharf an. »Eigentlich sind es sogar vier. Denn die vierte ist: Du bist sehr naseweis.« Sie schmunzelte. »Und die Hand da, die nehme ich mit.«

»Aber«, begann Justus, »ich habe sie doch noch gar nicht untersucht.«

»Kein Aber.«

Justus verzog das Gesicht. Die Kommissarin war schrecklich stur. »Wenn es unbedingt sein muss …«, lenkte er gezwungenermaßen ein. »Doch nur, wenn Sie niemandem verraten, dass sich das Stück bei Ihnen befindet. Aus ermittlungstaktischen Gründen.«

»Ich werde darüber nachdenken.« Mrs Merryweather legte den Kopf schief. »Und eine fünfte Erfahrung habe ich auch noch zu bieten: Ihr stimmt euch zu wenig mit mir ab, Jungs. Das sollte sich dringend ändern.« Sie nickte den drei ??? auffordernd zu und verließ die Werkstatt. Wenige Sekunden später brauste sie mit ihrem roten Alfa davon.

»Wow«, sagte Peter. »Habt ihr bemerkt, wie die Luft zwischen deiner Tante und ihr knistert?«

Justus nickte. »Achtung, die ist schon im Anmarsch. Und ich sage euch: Das nächste Verhör droht deutlich strenger zu werden als das eben.«

»Dann mal nichts wie ab in die Zentrale«, sagte Peter und musste unwillkürlich schmunzeln, als er sich das Gesicht von Tante Mathilda vorstellte, wenn sie die Werkstatt gleich menschenleer vorfand.

Im Campingwagen machten es sich die drei ??? erst einmal mit etwas zu trinken bequem.

»Du hast die Kommissarin glatt angelogen«, sagte Peter. »Die Hand ist doch nicht aus dem Park.«

»Du hast nicht gut zugehört«, erklärte Justus grinsend. »Ich sprach lediglich vom Tatort, und zwar von dem, an dem der Schakal zum zweiten Mal verschwunden ist.«

Von draußen drangen Stimmen in die Zentrale. Bob stellte sich an das Periskop: ein Sehrohr, das in das Dach eingearbeitet war und durch das man die Umgebung beobachten konnte. »Ein Kunde«, berichtete er. »Tante Mathilda geht auf ihn zu. Den kenne ich doch.« Bob drehte das Rohr ein kleines Stück nach links. »Das ist Tricky Micky, dieser Reporter, den wir bei dem Dreiäugigen Schakal getroffen haben. Das kann doch kein Zufall sein! Was will denn der hier?«

»Ich belausche die beiden«, schlug Peter vor.

Justus nickte.

Der Zweite Detektiv machte sich auf den Weg durch einen weiteren Geheimgang, der in die Freiluftwerkstatt führte. Als er vorsichtig aus dem Verschlag trat, waren Tante Mathilda und der Journalist bereits tief in eine Diskussion verwickelt.

»... kann doch nicht sein, dass Sie gar nichts mitbekommen haben, werte Dame«, hörte Peter den Reporter reden. »Sie machen doch an sich einen sehr aufgeweckten Eindruck!«

»Soll das ein Kompliment oder eine Beleidigung sein?«, fuhr Tante Mathilda ihn an. »Wann ich verschlafen oder aufgeweckt bin, entscheide immer noch ich.«

»Aber diese drei Halbstarken sind doch wohl Detektive?«, bohrte Tricky Micky nach. »Sie glauben es jedenfalls. Und dass die Polizei in Person von Inspektorin Merryweather auf Ihrem Gelände war, können Sie doch wohl auch kaum bestreiten? Ich habe sie mit eigenen Augen herausfahren sehen.«

»Kommissarin«, korrigierte Mathilda Jonas. »*Kommissarin* Merryweather.«

»Na also«, sagte Tricky Micky und grinste breit. »Ich verstehe zwar nicht ganz warum, aber offenbar hat sie die drei Jungs nicht verhaftet.«

»Nein, hat sie nicht«, mischte sich Peter ein und trat hervor. Er konnte Tante Mathilda nicht einfach im Stich lassen. »Warum auch sollte uns die Polizei verhaften?«

Tricky Micky wandte sich um. »Peter Shaw, wenn ich mich nicht irre?« Er ließ Tante Mathilda stehen und kam auf den

Zweiten Detektiv zu. »Dann kann ich dich ja gleich direkt befragen, oder darfst du nichts verraten ohne deinen Chef?«

»Ihnen sollte man generell nicht zu viel verraten«, antwortete Peter schlagfertig. »Sonst liest man am nächsten Tag nur eine übel verdrehte Schlagzeile in der Zeitung.«

»Sehr witzig. Da hätte ich schon mal eine: *Haben sich die drei ??? den Schatz des Schakals gekrallt?*«

»Den Schatz?« Justus war Peter gefolgt und trat neugierig zu ihnen. Bob kam ebenfalls hinzu und sah Tante Mathilda nach, die sich gerade still und leise verzog.

»Na, da ist ja das Trio«, freute sich Tricky Micky. »Nun tut nicht so unschuldig. Natürlich wisst ihr von dem Schatz im Denkmal. So blöde seid ihr nun auch wieder nicht.«

Justus überlegte schnell. Der Reporter war nicht dabei gewesen, als sich der Restaurator und der Historiker auf dem Hügel über einen Schatz in der Skulptur unterhalten hatten. Ersterer hatte das als ›Humbug‹ bezeichnet, Mr Krueger hatte erwidert, er hätte es ›nie so gesagt‹. Aber das ›Geheimnis‹ war offenbar bekannt geworden, und so wusste Tricky Micky natürlich ebenfalls davon. War doch etwas an der Sache dran? »Halten Sie es für möglich, dass ein Schatz in der Skulptur verborgen ist?«, fragte der Erste Detektiv.

»Natürlich«, sagte der Reporter. »Und wer hätte das Gold nicht gern? Nina Radamus könnte ihren Club damit sanieren, der Historiker würde berühmt und der Restaurator kann sich auf die faule Haut legen, wenn er es findet. Nur, wo ist dieses verdammte Denkmal? Ihr habt doch bestimmt eine Spur.«

»Wenn, dann würden wir es Ihnen bestimmt nicht verraten«, sagte Bob.

Tricky Micky lachte auf. »Aber wir sind doch auf einer Seite, Jungs. Ich bringe euch ganz groß raus in meiner Story. Ihr werdet richtige Helden. Oder wollt ihr etwa selbst das Gold?«

Justus schüttelte den Kopf. »Sie sind es doch, der mit einer Titelstory den Erfolg einheimsen möchte. Wir sind in Ihren Augen doch bloß die dummen Handlanger, die Ihnen den großen Auftritt bereiten sollen.«

Tricky Micky schaute gequält. »Du kannst ja ganz schön direkt sein, Justus Jonas.«

»Das kann er«, bestätigte Peter.

»Und wo er recht hat, da hat er recht«, fügte Bob hinzu.

»Aber gut«, sagte Justus plötzlich, »wir können uns gegenseitig auf dem neusten Stand halten. Unter einer Bedingung: Wir dürfen den Artikel gegenlesen und korrigieren.«

»Das ist nicht die Art, wie ein Tricky Micky arbeitet.« Der Reporter überlegte kurz. »Aber einverstanden«, sagte er mit einem verdrießlichen Gesichtsausdruck. »Also, wo ist der Dreiäugige Schakal? Nun aber raus mit der Sprache!«

»So schnell geht das nicht«, sagte Justus. »Wir befinden uns noch am Anfang der Ermittlungen. Wir kommen zur rechten Zeit auf Sie zu. Doch zunächst hätte ich eine Frage: Von wem stammt ursprünglich die Information, dass in dem Denkmal ein Goldschatz enthalten sein soll?«

»Von Mr Krueger, dem Historiker«, sagte Tricky Micky nach einem kurzen Zögern. »Er hat groß rausposaunt, dass er irgendwelche Hinweise gefunden hätte, und dann plötzlich alles wieder zurückgenommen. Aber seitdem reden die Leute davon. Die Gier ist der Treibstoff, liebe Jungs, die Gier. Aber ich hätte da auch noch eine Gegenfrage: Was wollte die Kommissarin von euch?«

»Dasselbe wie Sie«, sagte Justus, »sie wollte wissen, wo sich die Statue befindet. Doch auch sie muss sich in Geduld üben.«

»Nun gut. Hier ist meine Karte«, sagte Tricky Micky und drückte Justus eine zerknitterte Visitenkarte in die Hand. »So könnt ihr mich erreichen. Und wie finde ich euch?«

»Am besten hier auf dem Wertstoffhof«, sagte Justus. Eine Karte des Detektivbüros zu opfern, hatte er keine Lust.

Nachdem der Reporter das Gelände verlassen hatte, verdrückten sich die drei ??? wieder in ihre Zentrale.

Justus klatschte ungeduldig in die Hände. »Nun aber an die Recherchearbeit, Bob. Jetzt müssen wir uns schon von irgendeinem Reporter die Informationen zustecken lassen.«

Bob warf den Computer an. »Kann ich doch nichts dafür, wenn wir immer gestört werden.« Er hatte gerade das Internet aufgerufen, als schon wieder Stimmen in die Zentrale drangen.

»Das ist meine Tante«, sagte Justus genervt, »ich glaube, sie hat gerade gesagt: ›Verlassen Sie doch lieber das Gelände.‹«

Bob sprang zum Periskop. »Breezy!«, rief er. »Die beiden scheinen sich zu streiten.«

Wenn Breezy zu ihnen kam, gab es bestimmt Neues. Es half nichts, die drei ??? mussten ihre Recherche schon wieder verschieben. Als sie auf den Hof traten, hörten sie Tante Mathilda gerade sagen: »Soso, mal umsehen. Kaufen möchten Sie wohl nichts?«

»So ist es.« In der Hand drehte Breezy eine Vinylplatte. Das Folgende kostete sie ziemlich aus. »Möchte ich nicht. Was kaufen. *Mein* Justus wird mir die Platte bestimmt *schenken*.«

»*Mein* … Justus?«, fragte Tante Mathilda verdattert. »Schenken? Sind Sie irgendwie …«

»Ganz richtig. Er ist mein Freund. Wussten Sie das nicht? Sie sind doch seine … Oma?«

»Aber …«

»Breezy!«, rief Justus über den Platz. »Lass den Quatsch und komm.« Er nickte seiner Tante zu. »Ich weiß, Tante Mathilda, das ist kein einfacher Tag heute. Erst die Kommissarin, dann der Reporter und nun Breezy. Sie ist eine entfernte Bekannte. Später erzähle ich dir alles.« Er eilte auf Breezy zu und schob sie zu Peter und Bob, die vor der Freiluftwerkstatt standen.

Im Wohnhaus klingelte das Telefon und Mathilda Jonas ging kopfschüttelnd hinein.

»Warum solltest du mich nicht als Freundin haben?«, fragte Breezy unschuldig. »Ich bin doch ein total lieber Mensch?«

»Da magst du recht haben. Aber meine Tante wünscht sich für ihren Neffen nun mal eine reiche, brave Akademikerin mit Karriereaussichten.«

»Oder wenigstens eine Frau, die später die Schrottplatzchefin wird«, ergänzte Bob augenzwinkernd. »Aber sag schon, warum bist du hier?«

»Und was ist damit?« Breezy hielt ihm die Schallplatte entgegen. »*The Scream*. Suche ich schon lange.«

»Nimm sie.«

Breezy strahlte und kam dann zur Sache, weswegen sie gekommen war. »Es geht um Hank«, sagte sie, »ihr wisst schon, der Freund von Travis, der bei der Denkmalaktion eigentlich mitmachen wollte.«

»Der, der sich dann kurz vorher wegen eines Songs mit Travis gestritten hat«, ergänzte Bob.

»Genau. Ich habe mich ein wenig umgehört und mit einer Freundin gesprochen. Er kam ihr heute Morgen außerhalb von Rocky Beach mit dem Wagen entgegen. Er fährt einen roten Chrysler.«

»Ja, und? Warum ist das so spannend?«, drängelte Peter.

»An dem Chrysler hing ein Anhänger dran. Und ratet mal, was darauf transportiert wurde? Na? Ein langer, umwickelter Gegenstand.«

Ein wahrer Freund

»Der Dreiäugige Schakal«, rief Peter. »Hank hat ihn geklaut!«

»Ich kann mich des Eindrucks nicht erwehren, dass die ganze Welt am Recherchieren und Ermitteln ist«, sagte Justus frustriert. »Merryweather, Tricky Micky, nun Breezy, aber wir selbst finden einfach keine Zeit dazu!«

»Na, nun freu dich doch mal«, sagte Breezy, »jetzt habt ihr die große Chance. Soll ich euch die Adresse direkt sagen oder wollt ihr sie erst einmal … *recherchieren*?«

»Adresse wäre gut«, antwortete Justus knapp.

»Ach was«, antwortete Breezy, »am besten zeige ich euch den Weg. Er wohnt in Santa Monica.«

Die drei ??? sahen einander an. Breezy wollte also dabei sein.

»Okay«, gab Justus nach.

Das Mädchen war mit dem Bus gekommen und brauchte ohnehin eine Gelegenheit zur Weiterfahrt. Zu viert stiegen sie in Bobs Käfer. Unterwegs wollte Peter wissen, ob Travis von Breezys Aktion mit den drei ??? wusste.

Sie schüttelte den Kopf. »Dass Hank dahintersteckt, würde er mir nie glauben. Weil er es einfach nicht wahrhaben möchte. Das hätte ewige Diskussionen gegeben. Bei allem Streit um den Song – Hank ist sein großer Kumpel.« Sie deutete mit dem Finger auf eine Ausfahrt. »Da bitte runter von der Straße und dann gleich rechts.«

Sie kamen in ein Randgebiet von Santa Monica. Hier standen keine schicken Villen, sondern große Häuserblocks.

»Wir sind gleich da. Hank wohnt dort zusammen mit seinem älteren Bruder.«

»Danke, dass du uns hier hinführst«, sagte Bob. Er verlangsamte das Tempo. »Und toll, dass du das für Travis machst.«

Justus ergänzte: »Wenn wir den Schakal bei Hank finden, braucht Travis keine Angst mehr zu haben, als Dieb verhaftet zu werden.«

»Aber Hank umso mehr«, sagte Breezy, »dem traue ich sowieso nicht so ganz über den Weg.«

»Warum?«, fragte Peter.

»Da bitte anhalten«, sagte Breezy. »Ich glaube, ihm ist Travis einfach nicht so wichtig wie umgekehrt.«

Gegenüber dem Wohnblock fand Bob einen freien Parkplatz und stellte den Wagen ab. Sie stiegen aus und überquerten die Straße.

Peter begann die Namensschilder am Hauseingang zu studieren. »Hank … wie?«

»Hank … egal«, sagte Breezy und drückte grinsend die Eingangstür auf. »Die klemmt fast immer. Dritter Stock.«

»Wie kann man denn hier, ohne aufzufallen, ein Denkmal herumschleppen?«, fragte Bob. »Ob er einfach mit dem Schakal in dem klapprigen Aufzug hochgefahren ist?«

»Ihr glaubt nicht, was hier alles rein- und rausgebracht wird«, sagte Breezy. »Und wie egal das den Mitbewohnern ist.«

Sie nahmen die Treppe. Breezy ging voran. *Hank und Rod Williams,* stand mit Filzstift geschrieben auf der vierten Tür rechts im Gang. Darüber durchgestrichene andere Namen, wahrscheinlich die Vormieter.

Gerade als Breezy anklopfen wollte, wurde die Tür von innen geöffnet. Ein Junge erschien, etwa so alt wie die drei ???, aber sogar noch deutlich größer als Peter. »Breezy?« Er wirkte unangenehm überrascht. »Und wer ist das da?«, fragte er mit einem Nicken in Richtung der drei Detektive.

Justus beschloss, ohne Umschweife auf das Wesentliche zu kommen.

Doch Breezy kam ihm zuvor. »Man hat dich beobachtet, wie du das Denkmal bei Travis geklaut hat«, schoss es aus ihr heraus, »los, Hank, gib es schon zu!«

Hanks Miene erstarrte. »Können wir beide das nicht ohne die drei Nasen da klären?«

Breezy schüttelte den Kopf. »Nein, können wir nicht. Die Nasen heißen übrigens Justus, Peter und Bob und sie helfen Travis. Los, komm schon, Hank.«

»Also gut.« Der Junge zog die Eingangstür hinter sich zu. »Ich wollte gerade hinfahren und ihm das Ding zurückbringen. Das war doch nur ein Scherz!«

»Wie bitte?«

»Breezy, der Kerl hat mir meinen Song geklaut!«

»Das sagst *du*. *Er* sagt, der Song sei auf seine Idee hin entstanden, als ihr zusammen herumgeprobt habt.«

»Aber der entscheidende Part …«

»Hank, bitte. Hast du ihm echt deshalb die Statue geklaut? Wo ist sie? Hier offenbar ja nicht.«

»Ich wollte ihm nur einen Schrecken einjagen. Einen Streich spielen. Ich hab das Ding versteckt. Gerade wollte ich es zurückbringen. Wirklich!«

»Hank, du bist so ein Idiot«, sagte Breezy. »Travis verehrt dich über alles und du baust nur Mist. Also los, fahren wir.«

»Alle?«

»Ja, alle«, sagte Breezy.

Sie verließen den Wohnblock. »Dahinten steht mein Auto«, sagte Hank. »Der verrostete rote Chrysler.«

»Klar, der mit der Anhängerkupplung«, sagte Bob.

Der Junge nickte. »Hab ich vor Kurzem billig gekriegt von einem Handwerker.«

»Ich fahre bei dir mit, Hank, und die drei ??? folgen uns«, erklärte Breezy.

»Die drei ???«, murmelte Hank, »das ist vielleicht mal ein Name … Hey, was machst du da?«

Justus hatte sich aus der Gruppe gelöst und war auf Hanks Auto zugegangen. Nun bückte er sich am Heck des Wagens und warf einen Blick auf die Reifen. »Das Profil stimmt mit dem vor Joes Schuppen überein«, sagte der Erste Detektiv zufrieden und erhob sich wieder, »damit sollten wir den Beweis haben.«

»Hör mal, ich habe doch schon alles zugegeben«, sagte Hank.

»Die tun nur ihre Arbeit«, erklärte Breezy und wies auf die Autotür. »Los geht's.«

Sie mussten den ganzen Weg wieder zurückfahren. Von Santa Monica nach Rocky Beach, dann hinauf in den Canyon. Kurz nach dem *Hidden Treasure* setzte Hank den Blinker, verlangsamte das Tempo und bog schließlich in einen unscheinbaren Waldweg ein. Bob tat es ihm nach. Der Untergrund war in schlechtem Zustand. Zwischen engem Buschwerk und knorrigen Bäumen bahnten sie sich ein paar hundert Meter weit ihren Weg. Schließlich erreichten sie eine Art Wendeplatz, von dem aus es mit dem Auto nicht mehr weiterging. Hank stoppte seinen Wagen.

»Und nun?«, sagte Bob. Er hielt direkt hinter dem Chrysler und sie stiegen aus.

Auch Hank und Breezy verließen das Auto. Irgendetwas schien nicht zu stimmen, das spürten die drei ??? sofort.

»Erzähl uns keinen Blödsinn«, hörten sie Breezy rufen. »Hank, ich warne dich!«

»Ehrlich«, rief Hank, »genau hier stand der Anhänger mit dem bescheuerten Denkmal! Ich habe ihn doch heute Morgen selbst hier abgestellt. Und nun ist er weg, einfach verschwunden, als hätte er sich in Luft aufgelöst!«

Verfolgt

Die drei ??? liefen zu Hank und Breezy, die es immer noch nicht glauben wollte. »Leg mich bloß nicht rein, Hank«, warnte sie ihn ein zweites Mal.

Doch Hank wandte sich an Justus, zum ersten Mal überhaupt. »Untersuch halt die Spuren, Julius, du bist doch der Chef hier, oder? Ich schwöre, ich sage die Wahrheit.«

»Justus«, korrigierte der Erste Detektiv und sah sich um. Die unzähligen Reifenspuren auf dem erdigen Boden ließen zwar keine genauen Rückschlüsse zu einer zeitlichen Abfolge zu, doch dass Hanks Wagen hier schon einmal rumgefahren sein musste, bemerkte Justus sofort. »Als du das Denkmal aus dem Schuppen gezogen hast, ist da irgendetwas passiert?«

»Was soll da passiert sein?«, fragte Hank. Offenbar hatte er keine Ahnung, worauf Justus anspielte.

»Bist du problemlos aus dem Schuppen herausgekommen?«

»Ach, das meinst du. Woher weißt du das denn? Das blöde Denkmal war etwas verrutscht und ist am Torpfosten hängen geblieben. Mit der Hand oder so. Aber ich bin gleich weiter, wollte nicht gesehen werden.«

Justus nickte zufrieden. Spätestens nun war klar, dass Travis die Wahrheit gesagt hatte. Der Erste Detektiv sah sich um. Von hier aus führte nur noch ein Fußpfad ins Dickicht. »Wer kennt diesen Ort hier?«, wollte er wissen.

»Waldarbeiter«, überlegte Hank, »vielleicht irgendwelche Ausflügler, die sich mal verfahren haben. Nicht viele Leute, denke ich.«

»Und ist dir auf der Fahrt hierher jemand aufgefallen? Waren andere Autos auf der Straße unterwegs?«

Hank schüttelte verständnislos den Kopf. »Natürlich waren andere Autos unterwegs, was denn sonst? Eins fuhr sogar ziemlich lange hinter mir her.«

»Wie bitte?«, fragte Peter.

»Das war ein silbergrauer Honda, der nicht überholt hat, obwohl ich so langsam gefahren bin«, erinnerte sich Hank. »Aber das ist eigentlich nicht sonderlich ungewöhnlich, dass auf der kurvenreichen Straße ein Auto hinter einem klemmt. Ich dachte, das ist vielleicht ein vorsichtiger Fahrer, dem das Überholen zu gefährlich ist, irgendein alter Opa oder so.«

»Du konntest also nicht erkennen, wer am Steuer saß?«

Hank schüttelte den Kopf. »Zu weit weg, ich habe auch nicht so sehr darauf geachtet.«

»Und vom Gefühl her?«, wollte Bob wissen. »Mann oder Frau?«

»Eher … Echt, keine Ahnung.«

Breezy boxte Justus auf den Arm. »Jetzt habt ihr aber richtig was zu recherchieren, ihr Detektive.«

»Hey!« Justus fasste sich die Stelle. Solch kumpelhafte Aktionen lagen ihm nicht. Sein Blick fiel auf Peter, in dem es sichtbar arbeitete. »Was ist, Zweiter?«

»Vielleicht ist es ein Zufall«, sagte Peter, »aber als Kelly und ich im Park waren, nachts, da stand ein silberner Honda am Straßenrand. Zumindest schien er im Mondschein silbern. Vielleicht war er auch weiß. Er parkte allerdings ein gutes Stück weit entfernt. Und wir hatten ja das Gefühl, dass sich noch eine dritte Person im Wald bei dem Denkmal herumtrieb.«

»Big Rock?« Justus fotografierte die Spuren auf dem Boden ab. »Oder eine weitere Person.«

Sie beschlossen, sich wieder zu trennen. Hank nahm Breezy mit zurück an die Küste, die drei ??? steuerten ihre Zentrale an. Inzwischen war es später Nachmittag, doch statt der erhofften Lösung des Falls gab die Geschichte neue Rätsel auf.

In der Zentrale besprachen sie die Lage. Justus stellte sich an ein Whiteboard, das Onkel Titus einmal bei einer Bürorenovierung erworben hatte. Er malte ein paar Spalten darauf, um sich einen Überblick über mögliche Verdächtige und Motive zu verschaffen.

»Hinter allem muss also noch mehr stecken als nur ein Scherz oder eine Kunstaktion«, warf Peter ihm zu. »Travis und Hank sind vorerst aus dem Spiel, zumindest für uns. Davon können wir ausgehen, denke ich. Aber was geht da eigentlich vor sich?«

»Naheliegend wäre«, meinte Bob, »dass es mit dem Geheimnis oder dem Gold zu tun hat, das der Historiker erwähnte.«

Justus korrigierte seinen Freund. »Uns gegenüber war es genau genommen der Restaurator, der das Geheimnis zuerst erwähnt hat.« Er nahm beide Personen als Verdächtige auf, und unter Motiv notierte er die Worte *Geheimnis* und *Gold.*

»Oder ein Fan von Marie Solaire will sich die Statue unter den Nagel reißen«, warf Peter ein. »Ein Sammler.«

Justus notierte *Sammler* bei den Verdächtigen sowie *Besitzstreben* unter Motiv. »In beiden Fällen würde es bedeuten, dass Travis und Hank der Person zuvorgekommen sind und diese ihnen Schritt für Schritt folgen musste. Dazu hätte sie Kenntnis von den Aktivitäten der beiden Jungen erlangen müssen.«

»Was für den großen Unbekannten spricht«, sagte Peter.

»Du meinst die Person im silbernen Honda?«

Peter nickte. »Möglicherweise war der Täter in der Nacht im Park, als auch Kelly und ich dort waren. Er wollte selbst die Statue klauen und hat dann beobachtet, wie Travis und Big Rock das Denkmal abmontiert und abtransportiert haben.«

Der Erste Detektiv notierte *Der große Unbekannte/Honda* unter die Verdächtigen. »Aber woher wusste er, wohin sie es gebracht haben?«

»Er muss die beiden verfolgt haben«, warf Peter ein.

»Ein anderer Aspekt: Wenn die Person das Denkmal in der Nacht selbst stehlen wollte, wie hätte sie es mit einem Kleinwagen wegbringen können, der vermutlich noch nicht einmal über eine Anhängerkupplung verfügt?«

Bob nickte. »Stimmt. Dafür braucht man ein größeres Fahrzeug. Das Gleiche gilt für den Abtransport des Dreiäugigen Schakals aus dem Waldgrundstück.«

»Gibt es noch mehr Verdächtige?«, wollte Justus wissen.

»Nina Radamus«, sagte Bob. »Ihre Stiftung benötigt Geld.«

»Und dafür klaut sie ausgerechnet ein Denkmal von Marie Solaire?«, fragte sich Peter.

»Tricky Micky«, sagte Bob. »Er braucht eine gute Story und will immer ganz groß rauskommen.«

Aus formalen Gründen notierte Justus den Reporter, aber insgeheim glaubte er nicht, dass der mit dem Diebstahl etwas zu tun hatte. Der war nur heiß auf eine gute Geschichte. »Letztendlich können wir auch die weiteren Personen, die an dem Event teilgenommen haben, nicht ausschließen«, sagte er und schrieb die Namen des Grundstücksbesitzers und seiner Partnerin auf das Board, *Luke Kingsbury* und *Jana*. Immerhin schien Luke die Künstlerin sehr zu verehren. Andererseits stand der Dreiäugige Schakal bereits in seinem Park, wenn auch öffentlich zugänglich. Warum also sollte Luke das Risiko eingehen und sie durch einen Diebstahl auf sein Privatgelände schaffen?

»Vielleicht hat sich alles auch sehr viel einfacher zugetragen, als wir denken«, sagte Bob. »Irgendein zufälliger Besucher hat die Statue auf dem Forstweg entdeckt und weggefahren, entweder um sie zu behalten oder um sie bei der Polizei abzugeben.«

»Ersteres wäre eine ziemliche Herausforderung für unsere Arbeit«, sagte Justus, »Letzteres können wir schnell klären.«

Er setzte sich ans Telefon, schaltete den Lautsprecher ein und wählte die Nummer von Kommissarin Merryweather.

Sie meldete sich nach dem ersten Klingelzeichen. »Ja?«

»Hier spricht Justus Jonas. Wir wollten nur fragen, ob der Dreiäugige Schakal wiedergefunden wurde.«

»Leider nein, mein Lieber. Und ich mache auch gleich Feierabend. Wie weit seid ihr in euren Ermittlungen?«

»Die Sache ist leider sehr verzwickt.«

»Allerdings. Immerhin habe ich eben deinen Onkel erreicht.«

»Oh«, war alles, was Justus von sich gab.

»Er hat den Pick-up an einen gewissen Joe verliehen. Wusstest du das?«

»Nun, schon ein wenig«, gab Justus zu.

»Ich werde der Sache morgen nachgehen. Heute fahre ich da nicht mehr raus. Aber wenn ich mir die Fahrt ersparen kann, dann sagt es mir.«

»Dort werden Sie die Statue nicht finden«, antwortete Justus.

»Das kann nun alles oder nichts heißen«, sagte die Kommissarin. »Es ist doch immer das gleiche Spiel mit euch. Wenn ihr etwas wisst, bitte raus mit der Sprache.«

»Noch können wir zur Erhellung der Umstände nichts Entscheidendes beitragen. Wir melden uns morgen.« Mit einem nachdenklichen Gesichtsausdruck legte Justus auf. »Ich fürchte, wir können Travis da nicht länger raushalten. Morgen fährt Merryweather auf die Holzfarm. Travis wird Ärger bekommen. Hank auch. Und Big Rock mit dazu. Die Kommissarin wird ihnen ihre Story nicht glauben.«

Endlich Recherche

»Okay, dann weiter mit unseren kriminalistischen Hausaufgaben«, sagte Justus, nachdem er wieder in dem Sessel Platz genommen hatte, der das bequemste Sitzmöbel in ihrer Zentrale war.

»Du sprichst von *recherchieren*?«, fragte Bob und warf einen kritischen Seitenblick auf das Periskop. »Wenn wir nicht wieder gestört werden …« Als Erstes wollte er seinen Vater anrufen. Vielleicht erinnerte der sich an die Taten des Schakals und wusste mehr. Bob griff zum Telefon und wählte die Nummer.

»Hallo, Dad. … Nein, ich komme nicht zum Abendessen. … Ja, es wird später. Du hast doch bestimmt von der verschwundenen Statue gehört? … Ja. … Nein. … Doch, ja, wir helfen der Polizei nur ein wenig aus. … Jaaa, wir passen schon auf, Dad, versprochen. Wie immer. Kannst du dich an die Aktionen des Dreiäugigen Schakals erinnern? Es müsste etwas mehr als zehn Jahre her sein. Warte mal, ich stelle dich auf laut.«

»Klar kann ich das, Bob. Der Dreiäugige Schakal hat mehrere Diebstähle begangen. Immer ohne Gewaltanwendung, meist sehr geschickt und zunächst immer so, dass er dabei nur von Überwachungskameras aufgenommen wurde, ansonsten aber verborgen blieb. Später trat er sogar einmal live auf, direkt unter Menschen auf einer kleinen exklusiven Feier. Die Polizei heftete sich an seine Fersen, aber die meisten Leute waren auf seiner Seite. So eine Art Robin-Hood-Phänomen, weil er nicht für sich, sondern für Bedürftige gestohlen hat. Letzteres war allerdings schwer zu beweisen. Kein Mensch wusste genau, wohin diese Gelder in Wirklichkeit gingen. Es gab bei der Polizei auch die Theorie, dass er alles für sich behalten hat.«

»Warum nahm man denn überhaupt an, der Dreiäugige Schakal sei eine Art Robin Hood?«, rief Justus aus dem Hintergrund.

Bobs Vater hatte ihn gehört. »Er hinterließ Botschaften an den Tatorten, Justus. Kleine Zettel, auf denen in etwa stand: *Der Dreiäugige Schakal bedankt sich für die Spende, sie kommt direkt in bedürftige Hände.* Manche der Opfer haben es mit Humor genommen und gesagt, dass es ihnen nicht wehtue, andere waren stinksauer.«

»Wer waren diese Opfer?«, rief Justus.

»Nur wenige sind an die Öffentlichkeit gegangen. Einer der Herren – der sein Geld im Ölgeschäft verdient hat – hat ein Interview dazu gegeben und damit noch Werbung für sich gemacht. Ein anderer hat seine Wut sehr deutlich zum Ausdruck gebracht und erklärt, dass er dem Dreiäugigen Schakal nicht verzeiht. Ich glaube, das war Luke Kingsbury.«

»Der Mann auf dessen Grundstück nun das Denkmal steht beziehungsweise stand?«, fragte Bob erstaunt.

»Ja, er scheint sich bei dem Überfall fast zu Tode erschrocken zu haben. Soll ich euch die Artikel raussuchen?«

»Gern«, sagte Bob. »Und sagt dir die Künstlerin Marie Solaire etwas?«

»Klar, die hat doch die verschwundene Figur entworfen. Ich habe damals sogar mit ihr gesprochen. Sie war fasziniert von der Geschichte. Sie wollte wissen, warum die Polizei an der Verwendung der Gelder gezweifelt hat. Und sie wollte dem Dreiäugigen Schakal auf die Spur kommen.«

»Meinst du, es ist der Künstlerin gelungen, ihn zu enttarnen?«

»Energiereich, wie sie war, würde ich es ihr zutrauen, Bob. Denn seltsamerweise haben die Diebstähle ja dann irgendwann plötzlich aufgehört.«

»Danke, Dad.«

»Keine weiteren Fragen?«

»Keine weiteren Fragen.« Bob legte auf.

»Das fügt der Sache mehrere neue Gedanken hinzu«, sagte Justus zufrieden und stellte sich wieder an das Whiteboard. »Vielleicht hat der Dreiäugige Schakal das Geld einfach für sich behalten. Und es gibt eine weitere Gruppe, die wir im Auge haben sollten: die Opfer der Diebstähle. Auch die Information über Luke Kingsbury ist interessant. Er verehrt die Künstlerin, aber hasst den Schakal. Vielleicht war es sogar sein Wunsch, dass die Figur nicht direkt neben seinem Haus positioniert wurde.«

»Was wiederum gegen das Motiv von Kingsbury spricht, dass er die Skulptur gestohlen hat, um sie in seine Villa zu stellen«, sagte Peter. »Aber eins finde ich besonders spannend: Marie Solaire wusste möglicherweise, wer hinter der Maske des Dreiäugigen Schakals steckt!«

Bob nickte und wandte sich der Suchmaschine zu. Er stieß auf die Webpage von Ryan Ford, dem Restaurator. Sie enthielt eine Liste von bekannten Restaurierungsarbeiten, die dieser ausgeführt hatte. Die Firma war schon sehr alt und hatte offenbar früher vertrauensvoll mit Marie Solaire zusammengearbeitet. Dennoch schien Ford in letzter Zeit unter fehlenden Aufträgen zu leiden, wie Bob aus einem Artikel über die regionale Kunstszene erfuhr.

Ebenso fand Bob mehrere Hinweise auf Veröffentlichungen von Constantin Krueger, dem Marie-Solaire-Forscher. Es schienen überwiegend ausschweifende Abhandlungen über ihre vielfältigen Kunstwerke zu sein, um die sich Bob später kümmern wollte. Doch eins war interessant. Vor noch recht kurzer Zeit hatte Krueger in einem Fachartikel die These über ein verborgenes Geheimnis in der Schakal-Statue aufgestellt. Daraus war dann in den interessierten Kreisen schnell ein Goldschatz geworden. Daraufhin hatte Krueger alles als Irrtum dargestellt. Wahrscheinlich wollte er nicht unzählige Schatzjäger auf den Plan rufen.

Über Luke Kingsbury entdeckte Bob einiges. Der Nachkomme eines Industriellen schwamm in Geld. Wie Justus bereits gesagt hatte, galt Luke als bedeutender Sammler von Skulpturen, die er direkt neben seinem Wohnhaus aufgestellt hatte und nur ganz exklusiv ausgewählten Besuchern präsentierte. Dass der Dreiäugige Schakal nicht bei ihm, sondern auf der Anhöhe im Park stand, hatte das Denkmal der Tatsache zu verdanken, dass es der Foundation gehörte und öffentlich zugänglich sein musste. Über Jana gab es kaum Informationen, aber seit etwa zwei Jahren tauchte sie auf Bildern neben Luke auf und wurde dort als Schauspielerin betitelt. Eine schmale große Frau, die öfter Luke ansah, als dass sie in die Kamera blickte.

Schließlich nahm sich Bob Nina Radamus und die Marie Solaire Foundation vor. Die Gesellschaft hatte sich kurz nach dem Tod der Künstlerin gegründet. Nina Radamus war eine eher erfolglose Galeristin in Santa Monica gewesen, bevor sie den Job in der Stiftung übernommen hatte, der es inzwischen finanziell ziemlich schlecht ging. Kein Wunder, dass Nina Radamus unter Druck stand. »Da steht eine Telefonnummer«, sagte er, »fangen wir bei ihr mit unserer Befragung an? Ich möchte wissen, wie sie zu den einzelnen Verdächtigen steht und ob sie uns Näheres über sie verraten kann.«

Justus wählte die Nummer der Organisation und tatsächlich sagte nach dem dritten Klingelzeichen jemand: »Hallo?«

»Spreche ich mit Nina Radamus?«

»Ja, am Apparat, wer spricht da? Mr Ford?«

»Hier spricht Justus Jonas von den drei Detektiven. Wir wollen Ihnen dabei helfen, die Figur zu finden, Mrs Radamus.«

»Ach, ihr seid es. Ich erwartete jemand anderen. Wir treffen uns nämlich heute Abend hier, um die Lage zu besprechen.

Wenn die Polizei den Dreiäugigen Schakal nicht ganz bald wiederfindet, hat das deutliche Auswirkungen, insgesamt auf die Foundation und konkret vor allem natürlich auf die geplante Gedenkfeier in drei Monaten. Habt ihr denn etwas herausgefunden?«

»Nicht sehr viel«, sagte der Erste Detektiv. »Könnten wir an dem Treffen teilnehmen? Vielleicht bringt uns das nützliche Erkenntnisse.«

»Das geht leider nicht«, sagte Mrs Radamus. »Ihr drei Jungen meint es gut, ich weiß. Aber das müssen wir erst mal unter uns besprechen.«

»Dann wünsche ich eine erfolgreiche Sitzung«, sagte Justus und legte auf.

Bob sah seinen Freund erstaunt an. »So schnell gibst du sonst aber nicht auf.«

»Wir fahren ja auch trotzdem hin.«

»Um vor verschlossener Tür zu stehen?«

Justus schüttelte den Kopf. »Um uns die Autos dort auf dem Parkplatz anzusehen. Vielleicht fährt jemand einen Honda? Und falls unsere Überlegung stimmt, dass es einen Helfer gegeben hat – ist es vielleicht jemand aus der Gruppe? Ich schlage vor, wir überprüfen die Fahrzeuge der Teilnehmer auf Anhängerkupplungen. Vielleicht schränkt das den Kreis der Verdächtigen ein.«

Da Peter und Bob keine bessere Idee hatten, machten sie sich auf den Weg.

Die Marie Solaire Foundation hatte ihr Büro in einem kleinen Privathaus, das vor den Toren von Rocky Beach auf einem hübsch angelegten Grundstück stand.

Justus, Peter und Bob hatten den VW ein Stück entfernt geparkt, waren auf eine kleine Mauer gestiegen und spähten über die Hecke. Trotz der fortgeschrittenen Dämmerung waren die vor dem Haus geparkten Autos im Licht zweier gelblicher Lampen gut zu erkennen. Ein silberner Honda war leider nicht darunter. Aber welches Auto konnte einen Anhänger ziehen?

»Das kleine Mazda-Cabrio kann es ja wohl nicht sein«, sagte Peter, »aber der graue Pick-up besitzt eine Anhängerkupplung.« Außerdem standen da noch ein Mercedes ohne Zugvorrichtung und ein Chrysler, der allerdings mit dem Heck nach hinten eingeparkt war.

»Und welches Auto gehört wem?«, überlegte Bob.

Sie hörten, dass sich ein weiterer Wagen näherte, sprangen von der Mauer und blickten die Straße hinunter. Ein dunkler SUV mit getönten Seitenscheiben hielt vor dem geschlossenen Einfahrtstor. Der Fahrer hupte. Kurz darauf glitt das Tor auf und der Wagen fuhr auf das Gelände. Er besaß ebenfalls keine Anhängerkupplung. Die drei ??? überlegten gerade, wie sie am besten auf das Anwesen gelangen könnten, als ein zweiter Wagen herankam und auf das Gelände fuhr. Die drei ??? konnten den Fahrer erkennen, es war Ryan Ford, der Restaurator. Und sein Land Rover besaß eine Anhängerkupplung.

Nun nutzten die drei Detektive ihre Chance. Bevor sich das Tor wieder geschlossen hatte, schlüpften sie wie drei Schatten hindurch. Sie knieten sich hinter einen seitlich gelegenen Verschlag, in dem offenbar der Müll aufbewahrt wurde, und lugten vorsichtig zum Parkplatz. Es war Constantin Krueger, der Forscher, der aus dem SUV stieg und den eintreffenden Restaurator kühl begrüßte. Selbst in der Nacht setzte er seinen Panamahut nicht ab.

Damit waren diese beiden Autozuordnungen schon mal geklärt. Nina Radamus öffnete die Haustür. Die beiden Neuankömmlinge traten ein, dann war wieder alles ruhig.

Während Peter den Chrysler checkte, schlichen sich Justus und Bob in gebückter Haltung direkt unter eins der hell erleuchteten Fenster des Hauses. Es stand einen Spalt offen.

»Wenn die Statue nicht wieder auftaucht, ist unser Förderverein am Ende, wir haben sie nicht hoch genug versichert«, drang gedämpft die Stimme von Nina Radamus zu ihnen. »Wir sind jetzt hier alle versammelt, der harte Kern der Marie-Solaire-Fans, die Gründer und Förderer der Foundation. Und ich möchte Ihnen als Erstes sagen, dass ich einen unter Ihnen kaum hier ertragen kann. Und zwar Sie, Constantin Krueger. Mit Ihrem Gerede über den Schatz haben Sie den Diebstahl meines Erachtens herausgefordert!«

Peter gesellte sich zu Justus und Bob und deutete mit einem Nicken an, dass auch der Chrysler eine Anhängerkupplung besaß. So ging Kruegers Antwort etwas unter, aber sie bekamen den Schluss seines Satzes mit. »… dumm gewesen. Aber ich habe doch jetzt richtiggestellt …«

»Richtiggestellt aber doch wohl nur, damit nicht genau das

passiert, was geschehen ist: Der Dreiäugige Schakal wird gestohlen!«, fiel ihm Radamus ins Wort. »Mr Krueger, wenn das Ego zu groß ist, hängt man sich schnell mal zu weit aus dem Fenster. Ich sage es noch einmal: Sie tragen die Verantwortung für diese Katastrophe!«

»Ich … ich war mir fast sicher, dass Marie Solaire den Mann hinter der Maske des Schakals aufgedeckt hat. Das war das Geheimnis, das ich erst einmal nur andeuten wollte!«

»Andeuten … um sich selbst wichtigzumachen«, setzte Nina Radamus nach.

Ryan Ford dachte bereits weiter. »Und dann hat Marie den Schakal dazu gebracht, keinen weiteren Diebstahl mehr zu begehen. Es ist doch seltsam, dass er plötzlich aufgehört hat«, rief er.

»Vielleicht war sie ja gar nicht so ein Menschenfreund, wie wir alle denken«, sagte eine den drei ??? unbekannte Stimme. Es mussten sich noch weitere Mitglieder der Gesellschaft vor Ort befinden. Dafür sprach auch die Anzahl der Autos. »Und sie hat ihn erpresst.«

»Erpresst soll sie ihn haben, den echten Schakal?« Das war nun eindeutig Luke Kingsbury. »Und zwar mit ihrer Mitwisserschaft? Wo bin ich denn hier hineingeraten? Sie sollen das Andenken dieser wunderbaren Künstlerin bewahren und nicht beschmutzen!«

»Hören Sie bitte damit auf«, war eine Frau zu vernehmen, die Jana sein musste, »das regt Luke viel zu sehr auf!«

»Natürlich«, fuhr Nina Radamus mit ruhiger Stimme fort.

»Auch wenn ich enttäuscht bin, dass von Ihnen, Luke, ja leider kein finanzieller Einsatz mehr zu erwarten ist. Oder wollen Sie es sich noch einmal überlegen? So marode, wie Sie denken, sind doch unsere Strukturen gar nicht. Für alle Ausgaben habe ich Belege.«

Da legte sich von hinten eine Hand auf Justus' Schulter. »Guten Abend, die Herren Detektive.«

Eine Überraschung am Morgen

Erschrocken drehten sich die drei ??? um.

Tricky Micky grinste ihnen entgegen. »Und nun erklärt mir bloß nicht, ihr hättet von nichts eine Ahnung.«

»Haben wir aber tatsächlich nicht«, fand Justus seine Worte wieder. »Eigentlich sind wir nur hier, um …«

»Um ein Eis zu essen? Oder habt ihr euch etwa verlaufen?«

»Nein«, sagte Bob, »wir möchten ganz einfach wissen, welcher der Beteiligten welches Auto fährt.«

»Und dazu hängt ihr heimlich unter dieser Fensterscheibe?«

»Hat sich so ergeben«, murmelte Peter. »Aber Sie sind ja vermutlich auch illegal hier. Oder wurden Sie eingeladen?«

Der Reporter schüttelte den Kopf. »Immer auf der Fährte nach einer Knallergeschichte. Habt ihr noch nicht meinen Nachrichten-Blog gelesen, in dem ich in Echtzeit von unserem verschwundenen Schakal berichte? Aber wie auch immer, diesmal ich zuerst. Ich helfe euch in der Autosache und ihr gebt mir sofort eine Nachricht, wenn ihr was herausbekommt.«

»In Ordnung«, sagte Justus.

Das schien Tricky Micky erstaunlicherweise zu reichen. »Das Cabrio gehört Nina Radamus«, verkündete er mit leiser Stimme, »Ryan Ford fährt den Land Rover, Mr Krueger den SUV. Kingsbury gehört der Mercedes und einem Mitarbeiter von Radamus der Pick-up. Den Fahrer des Chryslers kenne ich nicht. Hilft euch das weiter?«

»Leider nur wenig«, sagte Justus. Selbst Nina Radamus war so nicht aus dem Spiel, denn möglicherweise hatte sie Zugriff auf den Wagen ihres Mitarbeiters. Auch Constantin Krueger konnte sich natürlich ein anderes Auto geliehen haben. So gut Justus' Idee auf den ersten Blick erschienen war, sie brachte sie nicht voran. »Ist Ihnen mal ein silbergrauer Honda untergekommen?«, fragte der Erste Detektiv. »Ein Kleinwagen?«

Tricky Micky grinste breit. »Über den habe ich mir auch schon Gedanken gemacht.«

»Tatsächlich?«, fragte Justus.

Der Mann lachte. »Nein. War ein Scherz, Justus Jonas. Was hat es denn …?« Er brach ab. Im Innern des Hauses war direkt beim Fenster ein Licht angegangen. »Verschwinden wir«, raunte Tricky Micky. Er lief durch die Lichtschranke der Zufahrt und das Tor glitt auf.

Den drei ??? wurde es ebenfalls zu heiß und geduckt folgten sie dem Reporter. Als sie auf der Straße waren, fehlte von ihm jede Spur. Die Jungen rieben sich die Augen. Dieser Kerl tauchte einfach überall und nirgends auf – und auch wieder unter.

Für heute brachen die drei ??? ihre Ermittlungen ab.

Als Bob und Peter am nächsten Morgen durch das Kalte Tor kamen, hörte Justus gerade den Anrufbeantworter ab.

»Es gibt Neuigkeiten«, verkündete der Erste Detektiv. »Von Breezy. Sie erreicht Travis nicht. Schon gestern Abend hat er sich nicht mehr gerührt. Auch bei Hank herrscht Funkstille. Sie macht sich Sorgen und ist auf dem Weg zu Joe.«

»Da wollte doch heute Vormittag Kommissarin Merryweather aufkreuzen«, erinnerte sich Peter. »Ob sie etwas mit dem Verschwinden von Travis und Hank zu tun hat? Möglicherweise hat sie die beiden ja schon verhaftet.«

»Dann wäre sie aber sehr schnell gewesen«, sagte Justus, »und zudem auch sehr früh aufgestanden. Außerdem: Das hätte Joe doch wohl mitbekommen.«

»Der Kommissarin traue ich zu, dass sie einfach ihr Ding durchzieht«, sagte Peter.

Justus nickte. »Am besten, wir fahren ebenfalls hin.«

Als sie das Einfahrtstor von *Joe's Woodfarm* passierten, entdeckten die drei ??? sofort den Alfa der Kommissarin, der direkt auf der Weggabelung zum Schuppen stand. Die Fahrertür stand offen. Lisa Merryweather selbst, die Sonnenbrille in die blonden Haare geklemmt, war vor dem Tor des Schuppens in eine offenbar heftige Diskussion mit Joe und Breezy verwickelt.

»Sie ist uns zuvorgekommen«, sagte Bob und stellte den Käfer direkt hinter das rote Auto.

Die Jungen stiegen aus und die Kommissarin wandte sich um. »Welch eine Überraschung«, sagte sie, »die drei ???. Wie immer im Einsatz. Nur leider seid ihr dieses Mal zu spät dran. Der Fall ist bereits gelöst. Da müsst ihr schon früher aufstehen!« Sie grinste breit.

»Haben Sie etwa voreilige Verhaftungen vorgenommen?«, fragte Justus erschrocken. »Ich weiß nicht, ob das wirklich den Tatsachen …«

»Ach, Justus«, sagte die Kommissarin, »immer mit der Ruhe. Wie ich ermitteln konnte, hat Travis den Dreiäugigen Schakal als Figur nachgestellt und sich des Originals bemächtigt. Ich nehme schwer an, du wusstest das schon längst.«

»Nun, die eine oder andere Tatsache war mir durchaus bekannt«, sagte der Erste Detektiv. »Aber Travis hat das Denkmal nicht mehr.«

»Bist du sicher?«, fragte Kommissarin Merryweather. Sie zeigte auf den Schuppen. »Dann schau doch bitte hier mal rein.«

Die drei ??? warfen sich irritierte Blicke zu und beschleunigten ihren Schritt. Die Kommissarin trat zur Seite. Auch Breezy und Joe, die sehr offensichtlich froh über das Eintreffen der Detektive waren, gingen aus dem Weg.

Justus, Peter und Bob schoben sich zwischen allen hindurch und spähten durch das offene Tor in das Innere des Schuppens.

»Träume ich?«, entfuhr es Bob.

Da stand der Anhänger.

Und auf ihm lag der Dreiäugige Schakal!

Fall gelöst?

»Das ist doch unmöglich«, sagte Peter und starrte auf die wieder aufgetauchte Figur. »Wieso ... Wer ...?«

Breezy lachte gequält auf. »Tja. Die Statue ist wieder da. Dafür ist Travis verschwunden.«

»Quatsch, verschwunden«, mischte sich die Kommissarin ein, »der Junge hat sich verdrückt! Wirst schon sehen: In ein paar Stunden taucht er wieder auf. Nämlich dann, wenn ich weg bin und die Luft rein ist.« Die Kommissarin wandte sich den drei ??? zu. »Diese beiden hier«, sie deutete auf Joe und Breezy, »wollen mir auftischen, dass jemand anderes die Statue gestohlen hatte, und zwar ein gewisser Hank. Der nun allerdings ebenfalls unauffindbar ist. Und nicht nur das. Auch ihm wurde die Statue angeblich entwendet. Aber in Wirklichkeit ist das gute Stück hier und rostet gemütlich vor sich hin. Das ist doch vollkommen irrsinnig!«

»Dieses Material rostet nicht«, warf Justus ein, provozierte damit allerdings nur die Fortsetzung des kleinen Wutausbruchs.

»Das tut doch nichts zur Sache, Justus! Lenke bitte nicht ab. Dann behaupten die zwei, dass Travis das Denkmal schon längst hätte zurückbringen wollen. Weil alles nur ein sogenanntes *Event* sei! Also bitte. Das nenne ich mal eine schöne Märchenstunde. Er wollte das Ding zu Geld machen, das ist doch die Wahrheit!«

»Unsere Geschichte stimmt aber«, sagte Breezy.

»Nein«, entgegnete Kommissarin Merryweather, »der Fall ist gelöst! Die Statue ist wieder da. Und wir haben den Täter. Was bin ich froh, dass ich bald nach Los Angeles zurückfahren kann. Dort muss ich mich nicht mit weglaufenden Denkmälern herumschlagen, sondern kann gefährliche Mörder und wirkliche Verbrecher dingfest machen. Und ihr habt euren Inspektor Cotta wieder, der so wunderbar in euer Nest passt. Sind das nicht auch gute Aussichten?«

»Wenn alles so einfach wäre«, sagte Justus. Er wandte sich an Breezy und Joe. »Wie und wann kam denn die Figur so überraschend zurück?«

»Keine Ahnung«, sagte Breezy.

»Ich auch nicht«, sagte Joe. »Nachmittags war noch alles okay. Travis und ich haben im Schuppen gearbeitet. Abends bin ich ins Haus gegangen und hab Musik gehört, ziemlich laut. Danach habe ich einen Freund besucht.«

»Hallo? Geht es noch?« Kommissarin Merryweather schüttelte den Kopf. »Hört bitte auf, das falsche Spiel immer weiter zu treiben, oder wollt ihr mich noch eine Weile in Rocky Beach behalten? Ich übergebe Cotta nur gelöste Fälle!«

»Es läge uns fern, uns in Ihre Lebensplanung einzumischen«, sagte Justus, »mein Ansporn ist wie immer die Suche nach der Wahrheit.«

»Ach, Justus«, sagte Kommissarin Merryweather, »du findest immer ein Haar in der Suppe und ein kluges Wort dazu. Ich mache mich nun wieder auf den Weg und lasse Travis suchen. Wenn er zurückkommt, soll er sich sofort bei mir melden.«

»Sonst rücken Sie mit Ihrer Hundertschaft an?«, fragte Peter.

Die Kommissarin lachte. »Das war doch nur ein Scherz mit den vielen Polizisten. Ich ziehe diesen Einsatz fast alleine durch. Personalmangel. Aber nein. Travis wird irgendeine Strafe erhalten, die nicht allzu schlimm ausfallen wird, wenn er alles zugibt. Richten Sie das bitte Ihrem Sohn aus, Sir. Ich erwarte Travis bis heute Nachmittag um vier, ja?« Sie sah in die Runde. »Noch irgendetwas?«

»Durchaus«, sagte Justus. »Ich wäre Ihnen sehr verbunden, wenn Sie fürs Erste niemandem vom Fund der Figur berichten. Vor allem nicht den Mitgliedern der Marie Solaire Foundation und deren Umfeld.« Er sah die Kommissarin bittend an.

Diese schüttelte zunächst den Kopf, warf dann einen prüfenden Blick auf Justus und sagte schließlich: »Okay. Du hast Zeit bis heute Nachmittag vier Uhr. Und bevor ich es vergesse, ich schicke später noch einen Wagen vorbei, der das Denkmal abholt.« Die Kommissarin nickte ihnen zum Abschied zu, zog ihre Sonnenbrille auf die Nase und schritt mit wehenden Kleidern zu ihrem Wagen. Sie stieg ein, ließ den Motor an und schaltete fast gleichzeitig in den Rückwärtsgang. Dann wandte sie den Kopf zur Seite und rief: »Ich komme übrigens nicht raus. Du hast mich zugeparkt, Bob.«

Nach einigem Rangieren holperte der rote Alfa vom Gelände. Als die Kommissarin nicht mehr zu sehen war, kam Justus wieder zur Sache. »Jetzt noch mal zum Mitschreiben. Breezy, du bist gestern also nicht mehr zu Travis gefahren?«

Doch Breezy musste erst einmal Dampf ablassen. »*Ich erwarte Travis bis heute Nachmittag um vier*«, äffte sie die Polizistin nach. »Warum verschwindet sie nicht jetzt gleich nach Los Angeles?«

»Immerhin hat sie uns Zeit zum Ermitteln gegeben«, sagte Justus. »Ich glaube, sie ist nicht so schlimm, wie sie scheint. Ihr habt euch also gestern Abend nicht mehr getroffen?«

»Nein, Justus. Ehrlich gesagt, habe ich mich nicht zu Travis getraut, nach unserer Aktion bei Hank. Stattdessen habe ich Hank dazu verdonnert, selbst bei Travis vorbeizuschauen und ihm die Sache mit dem gestohlenen Anhänger zu erklären. Und möglichst mit ihm Frieden zu schließen. Er wollte das heute Morgen tun. Aber ich kenne doch Hank, so etwas hat er über Nacht wieder vergessen. Also habe ich ihn angerufen, um ihn daran zu erinnern, vor über einer Stunde. Aber er geht nicht ans Telefon. Ausgeschaltet. Dasselbe bei Travis. Big Rock weiß von nichts. Da kann doch etwas nicht stimmen!«

Joe mischte sich ein. »Sehe ich genauso. Mein Sohn ist immer mal unterwegs, aber das hier ist ungewöhnlich. Irgendeiner von uns weiß in der Regel Bescheid.«

Justus deutete in Richtung Schuppen. »Na, dann schauen wir uns das Denkmal doch mal näher an.«

»Die Kommissarin hat bereits einen Blick darauf geworfen«, sagte Joe. »Und entdeckt hat sie nichts.«

Justus warf ihm einen augenzwinkernden Blick zu. »Das will nicht viel sagen, wenn der Kommissarin nichts weiter auffällt.«

Der Anhänger stand mitten im Raum. Die Plane war zur Seite geschlagen und gab die Sicht auf den Dreiäugigen Schakal frei. Es war eindeutig das Original, ihm fehlte die linke Hand. Die, die inzwischen bei der Polizei lagerte. »Mist«, murmelte Justus. Er hätte die Kommissarin noch fragen sollen, ob etwas an der Hand auffällig gewesen war. Die drei ??? traten näher, um die Statue genauer in Augenschein zu nehmen.

Bob beugte sich über die Füße. Dann fuhr er mit dem Zeigefinger über die Oberfläche des Kniegelenks. »Man kann die Figur tatsächlich überall auseinanderschrauben«, stellte er fest. »Und ich glaube, genau das hat kürzlich auch jemand getan. Und sie dann eilig wieder zusammengesetzt.« Vorsichtig drehte er an einem der beiden Füße. Es quietschte leise. Wie in Zeitlupe machte der dritte Detektiv weiter. Nach mehreren Umdrehungen ließ sich das Bein lösen. Bob hob es hoch und blickte hinein. Es war innen hohl, aber … »Leer«, sagte er enttäuscht, als hätte er dort eine Überraschung erwartet.

Nach und nach lösten die drei ??? noch das andere Bein sowie die Arme ab. Auch der Kopf ließ sich abschrauben. Doch es fand sich nichts Überraschendes. Geschweige denn ein Schatz.

»Der Täter wird gefunden haben, was er gesucht hat«, sagte Justus. »Sonst hätte er das Denkmal nicht wieder zurückgebracht. Ich denke, er wollte die Polizei damit von der weiteren Suche nach dem Dreiäugigen Schakal abhalten und den Verdacht auf Travis belassen.«

»Was ja auch geklappt hat«, sagte Peter.

Breezy und Joe hatten allem fasziniert zugesehen. »Worum geht es hier eigentlich?«, fragte Joe. »Wie war das noch mal mit dem Schatz?«

»Das ist nur eine von mehreren Möglichkeiten«, sagte Justus ausweichend und wandte sich von der Figur ab. »Wo befindet sich das Möbelstück, an dem Travis gestern gearbeitet hat?«

Joe deutete nach hinten in den Schuppen. »In der Ecke, etwas versteckt.«

Justus lief an den Holzlatten entlang. An ihrem Ende blieb noch etwas Raum zur Holzwand, in dem Travis sein Werk platziert hatte: Es war eine kleine Kommode. Die Schubladen waren herausgezogen. Doch Justus ging es weniger um das Möbelstück selbst. Er interessierte sich vor allem für das, was er auf dem lehmigen Boden sehen konnte.

»Kampfspuren«, sagte er. »Zumindest könnten es welche sein. Travis wird hier ja wohl keinen Tanz aufgeführt haben.«

»Eher weniger«, sagte Breezy. Ihr Gesicht war sorgenvoll. »Du meinst, er ist überfallen worden?«

»Das lassen die Spuren vermuten«, sagte Justus, »einen Beweis haben wir dafür nicht.«

»Aber warum hat Travis die Person nicht kommen hören

und wurde von ihr hier hinten überrascht? Die Statue muss ja mit dem Auto hergebracht worden sein«, fragte sich Peter.

Bob bot eine Antwort an. »Vielleicht hat der Täter den Wagen in der Nähe des Eingangstors versteckt, weil er nicht entdeckt werden wollte, und ist zu Fuß weitergelaufen. Möglicherweise hat er Travis überfallen, mitgenommen und in seinem Wagen eingesperrt. Und hat dann erst die Figur in den Schuppen gefahren.«

»Oder sie waren zu zweit«, sagte Peter. »Aber warum?«

»Schaut mal her«, rief Joe. Er hatte die anderen Ecken des Schuppens inspiziert und war auf den Ort gestoßen, wo die Kostüme für die lebenden Statuen lagerten. »Alles durcheinander. Als ob es jemand durchwühlt hat.«

Travis war beileibe kein Ordnungsfanatiker, so viel hatten die drei ??? mitbekommen, aber mit seinem Material ging er sorgsam um. Am Vortag hatten die Sachen geordnet dagelegen.

Zu dem Kostümchaos passten die offenen Schubladen der Kommode. Auch die Schranktür stand offen, einige Farbdosen waren auf den Boden gerollt.

»Der Täter hat etwas gesucht«, sagte Justus bestimmt. »Aber eher oberflächlich. Vielleicht wurde er gestört oder er hat sich umentschieden.«

»Möglicherweise hat die Person auch gefunden, was sie gewollt hat«, sagte Bob.

Justus schüttelte den Kopf. »Das glaube ich nicht. Denn ich kann mir denken, worum es bei der Suche ging.«

»Um die Hand des Dreiäugigen Schakals«, sagte Breezy.

Die Falle

Justus nickte. Genau das war auch sein Gedanke gewesen. Die Person hatte nach dem verlorenen Teil des Denkmals gesucht. Vielleicht enthielt die Hand das, hinter dem der Unbekannte her war. Im Rest der Figur hatte er offensichtlich nichts gefunden und sich dann Travis' Materialien zugewandt. Breezy war wahrlich nicht auf den Kopf gefallen.

»Und aus dem gleichen Grund ist vorher auch Hank verschwunden«, stellte Breezy fest. »Entführt, damit er schweigt und Travis nicht warnen kann.«

»Ich verstehe«, sagte Bob. »Fädeln wir es mal in der richtigen Reihenfolge auf: Der Fahrer des silbernen Honda verfolgt Travis und Big Rock, als sie nachts die Statue vom Hügel abtransportieren. Er traut sich im Dunkeln aber vielleicht nicht auf das unbekannte Grundstück. Am nächsten Morgen kommt er zurück und trifft auf Hank, als dieser die Statue abholt. Der Täter verfolgt Hank, daher weiß er von dem versteckt gelegenen Ort im Wald. Von dort entwendet er später das Denkmal.«

»Er untersucht den Dreiäugigen Schakal und stellt fest, dass in ihm nicht das enthalten ist, wonach er sucht«, führte Peter die Erklärung weiter. »Aber es fehlt ja auch eine Hand. Und er vermutet, dass Hank diese noch hat. Er fährt zu ihm, um sich das fehlende Teil zu besorgen. Das muss gestern Abend gewesen sein. Vielleicht hat Hank dem Kerl ja verraten, dass er die Hand beim Abtransport im Schuppen verloren haben könnte.«

»Also fährt der Mann im Honda weiter zu *Joe's Woodfarm*«, übernahm Bob erneut und spekulierte weiter. »Hank nimmt er mit, damit der seinen Freund nicht warnt. Vermutlich fesselt er ihn und hält ihn in seinem Wagen gefangen. Der Mann trifft Travis alleine im Schuppen an und glaubt sich endlich am Ziel. Doch Travis tut, als ob er von nichts wüsste. Also macht der Mann Druck. Was glaubt ihr: Hat ihm Travis daraufhin verraten, dass *wir* die Hand mitgenommen haben?«

»So tickt er nicht.« Breezy schüttelte den Kopf.

Justus dachte dasselbe, aber aus einem logischen Grund. »Travis ist erst einmal standhaft geblieben, sonst hätte der Mann nicht den Schuppen durchsucht.«

Joe hatte die ganze Zeit über zugehört, aber nun konnte er sich nicht mehr zurückhalten: »Und weil er diese dämliche Hand nicht gefunden hat, hat der Mistkerl auch noch meinen Sohn entführt? Hätte ihm Travis doch nur alles erzählt …«

»Wer weiß, möglicherweise hat er Travis inzwischen ja dazu gezwungen«, sagte Justus und sah Peter und Bob an. »Dann wäre es nur eine Frage der Zeit, bis der Mann bei uns auftaucht, Kollegen.«

»Ja, hoffentlich ist er nicht längst an Tante Mathilda geraten«, murmelte Bob. »Ich rufe deine Tante an und bitte sie, niemandem etwas zu verraten. Nur zur Sicherheit.«

Justus nickte nachdenklich. »Tu das. Wahrscheinlicher ist es jedoch, dass Breezy recht hat und Travis nichts verrät.« Er knetete an seiner Unterlippe.

»Justus, du denkst dir doch gerade etwas aus?«

»Ich entwerfe momentan einen Plan, Peter. Genauer gesagt, eine Falle. So können wir alles in einem einzigen Streich lösen! Denkt daran, wir müssen Travis und Hank befreien, den Entführer festsetzen und auch seinen Hintermann identifizieren. Oder seine Hinterfrau. Denn alleine agiert er bestimmt nicht. Mit dem Honda kann er die Figur nicht transportiert haben. Zumindest hat er das Auto getauscht. Meine These ist, dass sich der Hondafahrer um die Drecksarbeit kümmert. In Wahrheit steckt jemand aus dem Kreis der Marie-Solaire-Anhängerschaft dahinter. Es geht um das, was in der Figur verborgen ist. Wenn denn überhaupt ein Schatz darin steckt. Vielleicht hoffen sie vollkommen vergebens und jeder stellt sich einfach nur etwas Wertvolles vor, Gold oder etwas, das viel Geld bringt, auf irgendeine Art und Weise … Ich muss Kommissarin Merryweather fragen, ob sie in der Hand irgendeinen Hinweis gefunden hat.«

»Meinst du nicht, sie hätte es uns erzählt?«, fragte Peter.

Justus schüttelte den Kopf. »Die lässt uns schön im Unklaren. Aber das ändert ohnehin nichts an der Situation für Hank und Travis, denn schließlich sind sie aufgrund dieser Gier entführt worden. Also stellen wir eine Falle. Und wenn alles gut läuft … Ja, Breezy?«

Breezy hatte mit dem Finger geschnipst wie in der Schule, wenn man unbedingt drankommen will. »Spielen wir in deinem Plan auch eine Rolle?«, fragte sie. »Ich rede von Joe, Big Rock und mir.«

»Alle spielen eine Rolle«, sagte Justus und lächelte. »Ich brauche jede und jeden.«

»Ich ahne, was du vorhast«, sagte Peter. »Wir lauern dem Hondafahrer auf dem Schrottplatz auf, setzen ihn fest und quetschen ihn aus.«

»Und wenn er dann nichts sagt?«, rief Joe aus. »Dann kommt mein Junge nie frei und muss verdursten und verhungern!«

»Richtig«, sagte Justus. »Deshalb ziehe ich meine Falle vor.«

Bob, der zum Telefonieren den Schuppen verlassen hatte, kam zurück zu ihnen. Ihr Gespräch hatte er nur mit halbem Ohr mitbekommen, während er Tante Mathilda das Versprechen abgerungen hatte, niemandem etwas von der schwarzen Hand zu erzählen, passiere, was wolle. »Du hast also einen Plan, Justus«, sagte er und steckte das Telefon ein.

Der Erste Detektiv nickte.

»Und wie funktioniert dieser Plan?«, wollte Breezy wissen.

»Wir brauchen alle, die hier sind«, sagte der Erste Detektiv. »Denn wir knüpfen ein sicheres Netz der Überwachung. Außer den Anwesenden und Big Rock benötigen wir Tricky Micky und sicherheitshalber auch die Mitarbeit der Polizei.«

»Klingt nach einem sehr großen Plan«, sagte Joe.

»Im Kern ist er sehr einfach«, sagte Justus und griff sich sein Telefon. »Doch dazu gleich mehr. Zunächst ist ein Anruf bei Kommissarin Merryweather fällig.« Er tippte auf das Display.

Die Kommissarin nahm sofort an. »Hallo, Justus. Ich kurve gerade den verflixten Canyon hinab, also beeile dich. Oppala!«

»Wie bitte?«

»Meine Einschätzung der Kurve eben war wohl etwas zu optimistisch ... Ah, jetzt bin ich wieder auf Kurs.«

»Kommissarin Merryweather, ich habe über Ihre Rückkehr nach Los Angeles nachgedacht. Sie wird sich nicht als sonderlich triumphal erweisen, wenn zwei entführte Jugendliche in Rocky Beach die Schlagzeilen bestimmen.«

»Glaubst du immer noch an euer Märchen?«

»Aber ich habe einen Vorschlag, wie Sie mit gutem Gefühl aufbrechen können«, fuhr Justus unbeirrt fort. »Dann mit einer Erfolgsgeschichte im Gepäck: einem gelösten Fall und zwei glücklich befreiten Jungs. Hört sich das nicht viel besser an?«

»Oppala!«

»Kommissarin Merryweather?«

»Alles gut. Ja. Okay. Wir können drüber reden. Aber erst, wenn ich wieder in der Polizeistation bin.«

Selbst durch das Telefon hörte man den Motor aufheulen.

Justus nickte zufrieden. »Gern. Aber bevor wir über meinen Plan sprechen, habe ich noch eine Frage. Sie haben unglücklicherweise die abgefallene Hand des Denkmals konfisziert, bevor wir sie ...«

»Nein, Justus, die bleibt aber nun wirklich auf dem Revier.«

»Dann verraten Sie uns wenigstens, ob Sie etwas in dem Objekt gefunden haben.«

Nun quietschende Bremsgeräusche. »Habe ich euch das noch nicht erzählt?«

Justus ächzte und verdrehte die Augen. »Nein.«

»Man musste sie schon mit der Lupe untersuchen. Auf der Innenseite der Handfläche stand in geschwungener Schrift: *Marie Solaire*. Also eine Art Signatur der Künstlerin. Wenig überraschend, nicht wahr?«

»Ich höre bei Ihnen noch ein *Aber* heraus«, sagte Justus hoffnungsvoll.

»*Aber* im Daumen … im Daumen der Figur steckte ein Schlüssel!«

Blitz und Donner

Diese Information elektrisierte den Ersten Detektiv. »Was war das für ein Schlüssel, den Sie in der Figur entdeckt haben? Wozu passt er?«

Durch das Telefon erklang ein Quietschen. Kommissarin Merryweather hatte voll auf die Bremse getreten. »Blöde Kurve«, schimpfte sie vor sich hin, »wer baut denn so was …« Dann kam sie zurück zum Thema. »Eine Art Tresorschlüssel, Justus, mit einer Nummer drauf. Mehr haben wir noch nicht herausgefunden. Mein Büro ist unterbesetzt, verstehst du, da kann ich nicht jemanden von Hotel zu Hotel und von Bank zu Bank schicken, und das amerikaweit.«

»Wir, die drei ???, könnten uns …«

»Ihr? *Ihr* könntet mir als Erstes mal euren Plan vorstellen, Justus. Meldet euch nachher, wenn ich im Büro angekommen bin. So, und jetzt muss ich hier mal zum Überholen ansetzen!«

»Ja, das machen wir«, sagte Justus ins Nichts hinein, denn die Kommissarin hatte das Gespräch bereits abgebrochen. Er sah auf und berichtete den anderen, was er erfahren hatte. »Wenn das mal nicht Neuigkeiten sind! Also scheint es doch um etwas Wertvolles zu gehen. Allerdings ist es nicht direkt in der Figur versteckt. Nur der Schlüssel dazu.«

»Dann wollte Marie Solaire, dass das Geheimnis nun gelüftet wird«, sagte Bob. »Genau jetzt. Deshalb hat sie in ihrem Testament festgelegt, bei der Figur zehn Jahre nach ihrem Tod eine Generalüberholung durchzuführen. Aber: Wenn der Restaurator wie vorgesehen bei seiner testamentarisch festgelegten Arbeit den Schlüssel findet, woher weiß er, wozu dieser Schlüssel passt? Auch er kann ja nicht von Bank zu Bank durch Amerika ziehen.«

»Vielleicht gibt es im Testament einen Hinweis«, sagte Peter. »Wir sollten versuchen daranzukommen.«

»Das machen wir, wenn wir den Täter haben«, sagte Justus, »oder die Täterin. Die Befreiung von Travis und Hank steht ganz oben auf der Liste.«

»Das finde ich auch«, sagte Joe. »Ihr habt lange genug über Geld, Testament und Künstler spekuliert. Wie lautet dein Plan, Justus?«

Der Erste Detektiv holte Luft. »Die wichtigste Person darin ist …« Sein Blick fiel auf Peter.

»Ich?« Der Zweite Detektiv fühlte sich gleichermaßen geehrt und auch ein wenig alarmiert.

»Ja, Peter, du. Du besitzt in etwa die Figur von Travis. Aus dir können wir mithilfe der Kostüme wunderbar eine lebende Statue machen.«

»Ich soll bitte was? Nein, das klingt nicht gut. Außerdem kann ich gar nicht so lange stillhalten.«

»Das stimmt zwar, aber mit ein wenig Disziplin und Konzentration wirst du …«

»Nein, Justus.«

»Wir wählen eine von Travis' Figuren aus und packen dich da rein. Dann stellen wir dich heute Nacht zwischen all die anderen Skulpturen im Garten neben Kingsburys Villa auf.«

Peter blieb der Mund offen stehen.

»Und zwar direkt neben dem Dreiäugigen Schakal, den wir dort ebenfalls positionieren.«

»Kann nicht auch Bob …«

»Von der Größe her passt du besser.«

»Und du?«

Justus verzog das Gesicht zu einem schmerzhaften Lächeln. »Nun, mein Durchmesser …«

»Ja, ja, ja«, sagte Peter. »Und was soll ich da tun?«

»Den Täter beobachten, der sich die linke Hand des Schakals holen will. Ich werde zur Sicherheit vor Ort sein. Aus nächster Nähe kannst du den Täter erkennen und enttarnen. Ohne dass er etwas merkt, das ist das Wichtigste! Er wird sich der Hand bemächtigen und verschwinden. Dann werden die anderen von uns, die sich netzartig an den Verkehrskreuzungen verteilt haben, den Entführer unbemerkt verfolgen. Wenn er wieder zu Hank und Travis fährt, werden wir diese befreien. Aber sollte er uns trotz alledem durch das Netz fallen, kennen wir dank dir immerhin noch seine Identität!«

Joes Augen leuchteten. »Guter Plan, Justus.«

»Nein«, sagte Peter. »Ein Mistplan. Ich werde einen Hustenanfall bekommen oder sonst was und alles verderben.«

Breezy trat zu Peter und sah ihn mit einem Blick an, den Justus ihr nie im Leben zugetraut hätte. »Bitte, Peter«, sagte sie. »Du schaffst das.« Die Stimme des Mädchens klang komplett runderneuert.

»Äh«, machte Peter.

»Du bist doch unser Held«, sagte Bob.

»Und wir sind ja in der Nähe«, fügte Joe hinzu.

Peter schluckte. »Okay …«

»Danke, Peter«, sagte Justus. »Auf dich kann man sich halt verlassen.«

»Big Rock und ich werden dir beim Anziehen helfen«, sagte Breezy. »Wir werden eine Weile brauchen, bis wir dich in das Kostüm hineinbekommen.«

»In der Zwischenzeit organisieren Bob und ich den Rest«, sagte Justus.

»Eins ist mir noch nicht ganz klar«, sagte Peter. »Woher weiß der Täter, dass die Hand wieder da ist und er sie im Kingsbury-Park finden kann?«

»Dazu komme ich gleich«, sagte Justus. »Wichtig ist: Der Täter will immer noch an den Schlüssel. Wir müssen also den Eindruck erwecken, dass ihn bisher niemand gefunden hat. Wir bleiben in der Geschichte, die auch die Kommissarin am liebsten glauben wollte: Der Fall ist gelöst. Travis hat sich einen Scherz erlaubt, die Figur ist bei ihm gefunden worden und nun ist Travis auf der Flucht. Die Figur ist leicht beschädigt worden, aber man hat die Hand schnell gefunden und wieder angeschraubt. Morgen soll sie für einige Zeit zum Restaurator. Doch zuvor möchte Luke Kingsbury den Dreiäugigen Schakal noch einmal ganz bei sich haben. Er lässt die Skulptur bei den anderen Figuren in seinem Garten übernachten. Was aber natürlich offiziell niemand wissen darf.«

»Aber trotzdem geht die Nachricht rund?«

»Ich denke da an einen gewissen Reporter, Bob …«

»Tricky Micky.« Der dritte Detektiv grinste. »Gute Idee, ihn einzuspannen. Über seinen Blog kann er das verbreiten. Aber zählt Kingsbury nicht zu den Verdächtigen?«

»Das ist das Risiko, das wir eingehen müssen. Aber letztendlich steht er weit unten auf meiner Liste. Bei ihm fehlt mir einfach das Motiv.«

»Ja, ich hatte auch eher den Eindruck, er hat vor allem Angst davor, dass der Ruf der Künstlerin beschmutzt werden könnte«, sagte Bob.

»Sollen wir uns die anderen Kostüme von Travis mal anschauen, Peter?« Ohne eine Antwort abzuwarten, schob Breezy den Zweiten Detektiv durch den Schuppen dorthin, wo Travis seine Sachen aufbewahrte.

Die anderen folgten den beiden.

»Travis tritt in einer der drei von ihm geschaffenen Figuren auf«, begann Breezy. »Wir haben folgende Auswahl: Xangó, der Gott des Blitzes, des Donners und der Gerechtigkeit, dann Woodghost, der Waldgeist, und schließlich Coal Tiger, der

Superheld.« Sie griff in ein Fach und nahm ein paar Fotos heraus. »So sieht man es besser. Auf den Konzerten verkleidet sich Travis meist als Xangó, aber auch die anderen Figuren liebt er sehr.«

Sie fächerte die Bilder auf. Xangó war eindrucksvoll, in einer Rüstung wie aus rötlichem Erz mit einem flammenartigen Rock, eine Axt und eine Waage in den Händen, vor dem Gesicht eine spitz zulaufende Maske, deren eine Hälfte rot und die andere weiß war. Buchstaben und Zeichen standen auf den Flammen des Rocks.

Justus entdeckte eine aufgemalte Taube und ein Schwert. »Wir nehmen den Gott des Donners und der Gerechtigkeit. Vermutlich fällt er durch seine künstlerische Gestaltung zwischen den anderen Kunstwerken am wenigsten auf.«

»Darf ich auch ein Wörtchen mitreden?«, fragte Peter. »Superheld fände ich nämlich eigentlich sehr passend.«

Justus runzelte die Stirn.

»Okay, hat sich erledigt, mein Einwand«, sagte Peter, »dann eben Xangó. Blitz und Donner mag ich ja auch ganz gern.«

»Uaaaahhhh!«

Während der inzwischen eingetroffene Big Rock und Breezy Peter dabei helfen wollten, sich in ein lebendes Denkmal zu verwandeln, rief Justus erneut Kommissarin Merryweather an. Die Kommissarin hielt Travis zwar immer noch für ihren Hauptverdächtigen, wollte aber Justus eine Chance geben. Ganz sicher war sie sich ihrer Sache wohl nicht mehr.

Als Nächstes war Tricky Micky dran. Ihn zum Mitmachen zu bewegen, kostete Justus wenig Mühe. Der Reporter witterte die vielversprechende Story sofort. Im Laufe des Nachmittags würde er in seinem Blog einen Text veröffentlichen, in dem er von dem unerwarteten Wiederauftauchen des Dreiäugigen Schakals berichtete, dessen kleine Beschädigung man problemlos habe beheben können. Den kleinen Hinweis auf Luke Kingsburys Vorhaben wollte er geschickt darin einbauen.

Natürlich war der Reporter nicht davon abzubringen gewesen, selbst auch Teil des Verfolgungsnetzwerks zu werden. So hatte nun mal alles seinen Preis.

Als vorerst letzte vorbereitende Maßnahme stand der Besuch bei Luke Kingsbury auf dem Plan. Die Kommissarin hatte ihn bereits informiert, ohne ihm Details zu verraten.

So offiziell angekündigt, machten sich Justus und Bob auf den Weg. Die Villa grenzte ein Stück weit oberhalb des Hügels an den Park. Bob stoppte an den zwei schweren Eisentoren der Einfahrt und wollte schon aussteigen, um sich bemerkbar zu machen, als die Tore sich öffneten. Der dritte Detektiv ließ den Wagen auf das Gelände rollen. Es ging ein paar Meter durch einen parkähnlich angelegten Garten, dann wurde das Haus sichtbar, ein Prachtbau im italienischen Landhausstil.

Der Hausherr stand vor der Tür, Jana wie gewohnt an seiner Seite. Er trat nach vorne und begrüßte die Detektive mit den Worten: »Bravo, ein VW Käfer! Das hat durchaus Charme – eine Ikone des Autobaus.«

»Ich kann mir kein neues Auto leisten«, sagte Bob knapp, der sich nicht ganz sicher war, ob nicht ein Schuss Ironie in Kingsburys Stimme mitschwang.

»Möchtet ihr etwas zu trinken?«, fragte Jana. »Saft, Wasser, Cola?«

»Lassen Sie uns gleich zum Thema kommen«, winkte Justus dankend ab. Sie hatten wenig Zeit.

»Auch recht«, sagte Kingsbury. »Ich wurde bereits informiert. Der Dreiäugige Schakal ist also wieder aufgetaucht und ihr hattet die Idee, ihn heute Nacht hier zu deponieren.«

Justus nickte. »Die Figur ist gerettet und inzwischen auch wieder komplett, aber der Junge, der die Statue für seinen

Scherz, oder besser für seine Performance, entfernt hatte, befindet sich noch auf der Flucht.«

»Die Kommissarin hat es erwähnt, ja«, meldete sich Jana zu Wort. »Aber am wichtigsten ist doch, dass diese wertvolle Figur wieder da ist.«

»In der Tat.« Justus nickte. »Doch wir sehen eine Chance, dass der Junge herkommt und prüft, ob das wirklich stimmt«, erklärte Justus im Brustton der Überzeugung. »Und vielleicht auch, um sich eine neue Überraschung auszudenken.«

»Daran glaube ich nicht«, sagte Kingsbury, »aber der Dreiäugige Schakal darf gerne eine Nacht zwischen meinen anderen Kunstwerken verbringen. Auch wenn ich ein äußerst gestörtes Verhältnis zu der Figur habe. Seine Erschafferin verehre ich, nicht jedoch den Schakal, der …« Kingsbury unterbrach sich.

Justus nickte. Der Schakal hatte Kingsbury einmal überfallen, das konnte dieser ihm nicht verzeihen.

»Jedenfalls, wenn der Kerl erscheint, werde ich ihm meinen Respekt zollen, denn die Nummer im Park hat er richtig gut durchgezogen.«

Zufrieden lächelte Justus in sich hinein. Es schien, als habe Luke Kingsbury ihm die »angepasste« Version seines Plans abgekauft.

»Dann zeigen wir euch die Stelle, wo die Skulptur stehen kann«, sagte Jana und setzte sich in Bewegung.

Sie umrundeten das Haus und erreichten eine leicht abfallende Wiese, die zwischen den Bäumen den Blick auf das ferne Los Angeles freigab. Gut zwanzig überwiegend moderne Kunstwerke waren darauf platziert.

»Meine kleine Sammlung«, sagte Luke Kingsbury nicht ohne Stolz.

Jana war an ein noch freies Wiesenstück getreten. »Hier«, sagte sie und zeigte auf den Boden. »Da passt der Dreiäugige Schakal hin.«

»Und die zweite Figur?«

»Eine zweite Figur? Davon hat die Kommissarin vorhin nichts gesagt.«

»Typisch.« Justus kratzte sich am Kopf. »Unser Freund Peter wird die Situation im Auge behalten, da ein Polizeieinsatz zu auffällig wäre. Und zwar als lebende Statue.«

»Da kann ich mir ja meinen Fernsehkrimi heute sparen«, sagte Jana.

»Man kann die Skulpturen doch sicher im Dunkeln anstrahlen, oder?«, fragte der Erste Detektiv.

»Selbstverständlich.« Luke Kingsbury trat an eine schmale Säule, auf der ein silberfarbener Knopf in Halbkugelform angebracht war. »Damit schaltet man die Beleuchtung an und aus«, erklärte er und deutete auf mehrere am Boden angebrachte Lampen. »Wir können einen der Strahler so einstellen, dass der Dreiäugige Schakal angeleuchtet wird.« Kingsbury drückte auf den Knopf und die Lampen gingen an, zeigten aber natürlich am hellen Tag kaum Wirkung.

Die beiden Detektive hatten genug gesehen. »Wunderbar. Wir danken Ihnen«, sagte Justus und wandte sich zum Gehen.

»Vor Sonnenuntergang werden Ihnen die beiden Kunstwerke geliefert. Eins tot und eins lebendig.«

»Aber sicher. Die Polizei unterstützen wir gerne«, sagte Luke lächelnd zum Abschied, »und Hobbydetektive erst recht.«

Nun galt es, ein unauffälliges Überwachungsnetz an den umliegenden Straßen zu spinnen. Das vorrangige Ziel war die Befreiung der beiden Jungen. Und dazu mussten sie den Verdächtigen unauffällig verfolgen, um zu dem Versteck geführt zu werden.

Der Täter konnte mehrere Wege wählen. Es gab die Straße, auf der man von Rocky Beach her zum Eingang des Kingsbury-Parks gelangte. Die Straße führte dann weiter zu einem kleinen Parkplatz hinter dem Hügel, von wo aus Big Rock und Travis die Figur wegtransportiert hatten. Über eine Abzweigung in der Nähe erreichte man von dort aus auch die Kingsbury-Villa, während man über die Straße weiter in den Canyon kam.

Folgendermaßen würden sie sich positionieren: Justus mit Peter bei den Statuen; Bob und Breezy bildeten ein Auto-Duo beim Tor zum Park. Dort hatten sie auch den Waldhang im Blick, der von Kingsburys Grundstück herunterführte. Big Rock und Joe lauerten auf der anderen Seite des Hügels an der Abzweigung zur Villa. Die Kommissarin und Tricky Micky schließlich sicherten die Straße noch einmal abwärts auf dem Weg nach Rocky Beach ab. Das sollte reichen, um das Netz so eng zu spannen, dass ihnen der Täter nicht durch die Maschen ging.

Nachdem das alles abgesprochen war, steuerte Bob den Käfer schließlich erst einmal zurück nach Rocky Beach.

Justus rief Breezy an. »Läuft alles nach Plan?«

»Ihr werdet Peter nicht mehr wiedererkennen.«

»Uaaaahhhh!«, brüllte dieser aus dem Hintergrund.

»Sehr gut«, rief Justus lachend ins Telefon und legte auf. Er sah auf die Uhr. In einer Stunde würde ein Polizist den wieder intakten Dreiäugigen Schakal abholen und zu Kingsbury fahren. Gleichzeitig würde Joe den fertig ausstaffierten Peter in den Pick-up packen und ebenfalls dorthin bringen.

Jetzt fehlte nur noch eins. Justus nahm sein Handy in die Hand und rief den Blog von Tricky Micky auf. Ein zufriedenes Lächeln erschien auf seinem Gesicht. Der Reporter hatte geliefert, unter der Überschrift: *Viel Lärm um nichts: Der Schakal ist wieder da, heil und komplett!* Und im Text fand sich geschickt eingefügt die Information, dass der große Fan von Marie Solaire, Luke Kingsbury, die Figur für eine Nacht auf seinem Grundstück aufstellen durfte, neben all seinen anderen Schätzen. Justus lächelte. »Bob, die Falle ist eingerichtet.«

Eine dunkle Nacht

Peter fluchte lautlos. Warum nur hatte er sich auf diesen Plan eingelassen? Er schwitzte. Konnte sich kaum bewegen. Alle möglichen Muskeln taten weh, darunter welche, von deren Existenz er noch nicht einmal etwas geahnt hatte. Wie war das noch? Geduld? Körperkontrolle? Atemtechnik? Das war alles nicht so seine Sache. Aber jetzt war er in diesem Ding gefangen. Xangó, der Gott des Blitzes, des Donners und der Gerechtigkeit. Bestimmt spannend, wenn man so verkleidet am Strand von Venice Beach platziert war und die Leute beobachten konnte, die auf einen zukamen und einen baff anstaunten, Kinder und Erwachsene, Gelangweilte und Neugierige, Neunmalkluge oder Faszinierte.

Doch hier in Kingsburys Denkmalgarten gab es kein einziges lebendiges Wesen, das für Unterhaltung sorgte. Nur seinesgleichen, Denkmäler, allerdings ohne Leben, totenstille Begleiter in der Nacht.

Das ihm nächstgelegene Denkmal war der Dreiäugige Schakal, nur wenige Meter entfernt. So ausgerichtet, dass Peter im Licht der Bodenlampe das Gesicht desjenigen erkennen konnte, der sich an das Abschrauben der Hand machen würde.

Wenn derjenige überhaupt kam. Inzwischen zweifelte Peter an Justus' Plan. Von Minute zu Minute mehr.

Zumal sich vehement der Hunger meldete. Breezy hatte ihm in Joes Küche zwar noch eine Pizza gemacht, aber die schien nicht für ein wohliges Sättigungsgefühl zu reichen. Kein Wunder, nach dem aufregenden Tag.

Sein Fuß kribbelte. Peter wippte mit den Zehen auf und ab. Von draußen sah man das nicht, es war genug Raum bis zur Ummantelung. Vielleicht half es, an etwas anderes zu denken? An das Surfen im Meer. Klappte nicht. Hausaufgaben? Sofort war Peter wieder bei der Pizza.

Die Sonne war untergegangen, um die Wiese herum war es inzwischen fast komplett dunkel und ruhig. Umso lauter wirkte das Knirschen, das Peter sofort ins Hier und Jetzt zurückbrachte. Eindeutig Schritte. Da näherte sich jemand auf dem Kies. Bei der Villa, noch auf der rückseitigen Gebäudewand. Peters Augen weiteten sich. Ein Schatten wand sich um die Ecke des Gebäudes und kam auf ihn zu. Verdammt. Jetzt geriet er aus Peters Blickfeld, das ziemlich eingeschränkt war durch die Maske. Sollte er es riskieren, den Kopf ein wenig zu wenden? Ganz sachte verschob er die Blickperspektive. Nun näherte sich die Person seitlich. Peter hatte Mühe, seinen Atem zu kontrollieren. Warum ging die Person auf ihn zu und nicht auf den Dreiäugigen Schakal? Hatte ihn jemand verraten?

»Peter«, flüsterte es.

Peter schwieg, stellte sich tot.

»Peter. Ich bin's. Jana.«

»Jana …«, entfuhr es Peter erleichtert. Was wollte sie denn jetzt hier?

»Vielleicht hast du Durst oder Hunger«, sagte Jana und trat vor Xangó alias Peter. Sie hatte ein Sandwich und eine Wasserflasche in der Hand. »Du stehst da ja schon ewig. Nicht, dass du mir noch ohnmächtig wirst!«

Nun hörte Peter hinter sich ein deutlich vernehmbares Zischen. Gefolgt von einem leisen »Weg!«. Das musste Justus sein, der sich ein Stück entfernt unter einem dicht belaubten Baum verborgen hielt. »Sie riskieren die ganze Aktion. Verschwinden Sie bitte. Und zwar sofort!«

»Danke, Jana«, sagte Peter schweren Herzens, »mit meiner Maske kann ich eh nichts essen, höchstens was trinken.«

»Kannst du sie nicht einfach nach oben oder unten ziehen?« Jana zögerte kurz, als wollte sie es ausprobieren, doch dann nickte sie. »Aber melde dich, wenn du was brauchst. Ich bin in der Lounge und höre, wenn du rufst. Ich möchte wirklich nicht Zeugin sein, wenn du vor Erschöpfung umfällst.«

»Ich schaffe das schon«, murmelte Peter.

»Deine Maske ist etwas verrutscht.« Sie stellte die Flasche ab und richtete Peters Gesichtsverkleidung, dann trat sie vorsichtig den Rückweg an.

Eine Weile noch hatte Peter den Sandwich-Duft in der Nase. Aber vor allem hatte das Wort *trinken* wie ein Trigger gewirkt, sodass ihn das Gefühl nicht losließ, auf die Toilette zu müssen. Peter versuchte erneut, sich abzulenken. Sein Blick fiel abwärts auf die Stelle, an der eben noch Jana gestanden hatte. Das gab es doch nicht! Wie ein Kunstwerk angeleuchtet von einem der Strahler stand da die Wasserflasche, die Jana abgestellt und dann wohl dort vergessen hatte. Ihr langer Schatten wies direkt auf den Dreiäugigen Schakal.

Hoffentlich fiel sie dem Täter nicht auf. Hoffentlich nahm er an, dass sie einfach zufällig noch da stand. Hoffentlich witterte der Täter nicht die Falle!

Justus konnte die Flasche nicht entfernen, er hatte sie aus seiner Perspektive nicht im Blick. Und zu rufen traute sich Peter nicht. Alles war still, nur der Wind wehte leicht durch die Blätter der Bäume. Der Zweite Detektiv spürte die Spannung, die über allem lag.

Er wartete.

Wieder ein Geräusch. Ein leises Trapsen. Hecheln. Und dann sah Peter den großen Hund, der sich mit federnden Schritten aus dem Dunklen schob, direkt auf die Wasserflasche zu. Er schnüffelte an ihr, sie fiel um und rollte aus dem Licht, er ließ von ihr ab.

Um sich Peter zuzuwenden.

»Verschwinde«, flüsterte Peter.

Doch das machte den Hund nur noch neugieriger.

»Hau ab«, setzte Peter nach.

Den Hund interessierte das nicht. Er kam näher und schnüffelte an Peters Schuhen.

Der Zweite Detektiv hielt den Atem an. Was war das für ein Hund? Woher kam er? Und was wollte er? Gehörte er dem Täter? Und sollte für ihn prüfen, ob die Luft rein war?

Aus den Augenwinkeln sah er, dass der Hund nun ein Bein hob und ihn, Peter Shaw, den Zweiten Detektiv der berühmten drei ???, einfach … anpinkelte. Dann schritt das Tier gelassen zurück in die Nacht.

Worauf hatte er sich hier bloß eingelassen? Langsam kochte die Wut in Peter hoch. Was für ein bescheuerter Abend. Nichts würde passieren, nichts!

»Rosso …«

Wer flüsterte da so eindringlich?

»Rosso, komm!«

Peter spannte die Muskeln an. Dann sah er sie. Es war schon wieder Jana, die den Hund suchte, der offenbar zu ihr gehörte.

»Bin gleich wieder weg«, flüsterte sie, als sie in Peters Nähe gekommen war. »Er ist mir abgehauen. Rosso, nun komm schon.«

Der Hund tat endlich, was ihm befohlen worden war, und gesellte sich neben sie.

»Die Wasserflasche«, fiel Peter ein, »Sie haben sie vergessen.«

»Wo?« Jana trat zur Seite, dann schrie sie auf. »Hoppla!« Sie kam ins Straucheln und wollte sich an irgendetwas festklammern. In ihrer Nähe befand sich der Pfosten mit dem Lichtschalter. Sie wollte sich auf ihm abstützen, aber er kippte mit ihr um, beide fielen zu Boden. Das Licht erlosch.

Sofort war es finster.

Der Hund bellte.

Und Peter sah einen Schatten, der sich nur leicht vom tiefdunklen Grau der Hauswand abhob.

»Machen Sie das Licht an, Jana!«, flüsterte Peter.

Ein Stöhnen war die Antwort, auf allen vieren krabbelte Jana zu dem Pfosten und versuchte, ihn aufzustellen, um sich daran hochzuziehen.

Behände glitt der Schatten auf den Dreiäugigen Schakal zu. Schon griff er nach dessen linker Hand, schraubte daran.

»Justus!«, rief Peter instinktiv. »Justus!« Ihm schoss das Blut durch den Körper. Der Entführer war da und er konnte dessen Gesicht nicht erkennen. Und noch schlimmer: Peter hatte sie verraten. Der Täter war gewarnt.

Und verschwand in diesem Moment mit der Hand des Dreiäugigen Schakals in der Nacht.

Über Stock und Stein

Das Licht flammte auf. Jana hatte sich an dem Pfeiler hochgezogen und den Schalter betätigt. Doch es war zu spät.

Dem Dreiäugigen Schakal fehlte die linke Hand.

»Ich … ich … Es tut mir leid«, brach es aus Jana heraus.

Justus kam von hinten herangestürmt. Fast stieß er mit Rosso zusammen, der aufgesprungen war und auf Luke Kingsbury zurannte, der soeben um eine Hausecke der Villa kam.

Ohne den Hausbesitzer weiter zu beachten, nahm Justus die Verfolgung des Täters auf, auch wenn dieser nicht mehr zu sehen war. Justus rannte in die Richtung, in die der Mann verschwunden war, und hoffte, dass dieser sich vielleicht durch irgendwelche Geräusche verraten würde. Peter blieb auf seinem Sockel zurück.

»Was ist passiert?«, rief Kingsbury und kniete sich zu Jana, die auf dem Rasen saß und sich den Knöchel hielt. »Und wieso ist Rosso hier?«

»Ich wollte ihn nur kurz rauslassen«, wimmerte Jana.

»Komm erst mal ins Haus«, sagte Kingsbury und half seiner Partnerin hoch. »Dann schauen wir uns deinen Fuß näher an.« Er wandte sich an Peter. »Eine tolle Falle habt ihr hier aufgebaut! Wahre Profis. Jana ist verletzt und …«, sein Blick war auf den Dreiäugigen Schakal gefallen, »… das Denkmal ist wieder zerstört.«

Peter bewegte seine Muskeln, streckte und dehnte sie, so gut es in der Verkleidung ging. »Können Sie mir bitte von dem Sockel helfen, Mr Kingsbury?«

»Na, das muss ich mir noch gut überlegen.«

»Eigentlich müssten Sie den Dieb doch gesehen haben, als Sie um das Haus herumkamen.«

»Ich bin niemandem begegnet. Was soll das heißen, Peter?«

»Nichts, ich habe nur gedacht …«

Luke ging auf Peter zu, umklammerte ihn und stellte ihn in einer kräftigen Drehung auf den Boden. »So. Den Plunder ausziehen kannst du hoffentlich alleine.«

»Dazu ist jetzt keine Zeit.« Peter machte ein paar Schritte. Überall zerrte und zwickte es. So in etwa musste sich eine Marionette anfühlen, wenn sie von irgendwelchen Fäden hin und her gezogen wurde. Nach ein paar Metern ging das Laufen einfacher, dafür hatten aber mehrere Verbindungen und Halterungen der Konstruktion dran glauben müssen. Travis würde es verschmerzen können, wenn es dazu beitrug, dass man ihn befreite.

Peter ließ Luke und Jana im Garten zurück und lief um die Villa herum, sodass er auf den Vorplatz kam. Alles lag im Dunkeln. Warum bloß funktionierte der Bewegungsmelder mit dem Licht nicht?

»Justus? Bist du noch hier?«

Stille.

Peter blieb stehen und horchte.

»Justus?«

Ein Rascheln aus der Richtung, wo das Einfahrtstor liegen musste. Peter spannte die Muskeln an.

Jetzt flammte ein Licht auf und blendete ihn.

Ein unterdrückter Schrei. »Ach, du bist es, Peter!«

Das war die Stimme von Justus.

Der Zweite Detektiv atmete tief ein. »Konntest du dem Täter folgen?«

»Nein«, sagte Justus und hielt seine Taschenlampe etwas zur Seite, sodass er Peter nicht mehr blendete. »Es ist aber auch kein Auto weggefahren. Er muss also noch hier sein.« Der Erste Detektiv stutzte, drehte sich zur Seite und leuchtete in die Richtung, aus der plötzlich Schritte zu hören waren.

Luke führte Jana ins Haus, sie hinkte. Rosso sprang abwechselnd an den beiden hoch.

»Halte deine Funzel weg«, rief Kingsbury, »und macht, dass ihr wegkommt!« Jana und er verschwanden mit ihrem Hund im Haus.

»Warum geht hier eigentlich kein Bewegungsmelder an?«, fragte Peter.

»Weil ich Kingsbury gebeten habe, ihn zu deaktivieren«, antwortete Justus, »um den Täter nicht gleich abzuschrecken.«

Er machte eine kurze Denkpause. »Wenn der Entführer nicht mit dem Auto gekommen ist, dann hat er den Weg vom Park her hoch gewählt. Vermutlich ist er einmal um die Villa herumgeschlichen, von der anderen Seite her wieder auf die Statuen zugelaufen, hat gewartet, bis die Luft rein ist, und flüchtet jetzt hinunter zum Parkgelände. Wir müssen wieder zurück, Peter!«

Die beiden Detektive eilten zur Wiese. Nach wie vor waren die Statuen erleuchtet. Doch das Licht reichte nicht weiter als bis zur letzten Figur. Dahinter fiel das Gelände ab und verlor sich in der Dunkelheit.

»Wer ist an der Straße dort unten am Park postiert?«, flüsterte der Zweite Detektiv. »Ich habe nicht viel von deinem Plan mitbekommen.«

»Bob und Breezy«, antwortete Justus. Er sah in Richtung der Bäume, wo er sich kurz zuvor noch versteckt hatte.

»Was habt ihr eigentlich in der Hand des Schakals versteckt?«, flüsterte Peter. »Doch nicht etwa den Originalschlüssel?«

»Was denkst du von mir?«, flüsterte Justus zurück. »Einen Schlüssel durchaus, nur dass er als eigentümerloses Fundstück von unserem Gebrauchtwarencenter stammt.«

»Achtung! Da ist er!«

Die beiden Detektive hörten einen Ast zerbrechen. Jemand war in der Nähe.

»Das kam aus Richtung der Büsche da vorne«, sagte Justus und setzte sich in Bewegung. Peter folgte ihm, aber mit der Verkleidung war er deutlich langsamer als der Erste Detektiv.

Schon nach wenigen Schritten verlor er seinen Freund aus den Augen.

Justus war klar, was er zu tun hatte. Jetzt, wo der Täter wissen musste, dass er entdeckt worden war, galt es, ihn dingfest zu machen und darauf zu hoffen, dass er das Versteck, wo er Travis und Hank gefangen hielt, verraten würde.

Als Justus die Büsche erreicht hatte, verharrte er kurz und horchte. Alles war still. Er schaltete seine Taschenlampe an, doch deren Licht verlor sich im Dunkel der Nacht. Wahrscheinlich war der Täter schon weiter. Justus rannte los, längs über die sich anschließende Wiese, hinunter zum Parkgelände. Schon nach wenigen Schritten hörte er, wie jemand kurz vor ihm ebenfalls startete. Derjenige huschte durch den Lichtkegel der Taschenlampe, doch Justus verlor ihn aus den Augen, als er in eine Vertiefung trat und fast gestürzt wäre. Der Flüchtende gewann dadurch an Metern, und der Erste Detektiv musste erst wieder zu Atem kommen. Plötzlich schien der vor ihm jedoch an Vorsprung zu verlieren, zumindest klang er näher und er schnaufte ebenfalls. Sekunden später wusste Justus, warum. Erst im letzten Moment sah er den Bretterzaun, der Kingsburys Grundstück von dem Parkgelände trennte, hinter Baumästen auftauchen. Das Bremsmanöver kam zu spät und Justus krachte schmerzhaft durch das morsche Holz. Immerhin war er so auf der anderen Seite. Ächzend rappelte er sich hoch. Das Waldstück schloss sich an, aus dem deutlich zu hören war, wie sich jemand entfernte. Der Flüchtende kannte sich aus und war offenbar unbeschadet über das Hindernis geklettert.

Durch den Aufprall war Justus' Handy aus der Tasche gerutscht. Doch zum Suchen war jetzt keine Zeit. Der Erste Detektiv stieg über die zerborstenen Holzteile und nahm die Verfolgung wieder auf.

Doch er kam nur langsam voran. Die rechte Hüfte schmerzte. Zum Glück war die Taschenlampe noch da. Doch warum hörte er jetzt keine Schritte mehr im Wald? Justus blieb stehen, schaltete die Lampe ein und leuchtete umher. Bäume, Strauchwerk, hohes Gras. Das Geräusch hinter sich hörte er zu spät. Schemenhaft nahm er einen dunklen Umhang wahr, darüber eine Skimaske mit Sehschlitzen. Justus versuchte noch auszuweichen, da traf ihn schon der Schlag an der Schläfe und alles wurde schwarz.

Der Schlüssel zu allem

Bob steckte das Handy wieder ein. »Das war Peter«, flüsterte er Breezy aufgeregt zu. »Der Täter war oben bei Kingsburys Haus! Er hat die Hand des Schakals entwendet. Aber er hat auch die Falle bemerkt und flieht, und zwar den Hang herunter genau auf uns zu. Justus ist ihm hinterher. Peter hat ihn nicht erkannt. Wir sollen den Flüchtenden überwältigen.«

»Na, dann nehmen wir den Kerl mal in Empfang«, sagte Breezy und sprang auf. Zusammen mit Bob hatte sie auf der Bank im Park gesessen, auf der erst vor zwei Tagen Peter und Kelly ihren Abend hatten beenden wollen.

»Seltsam, dass vorne an der Straße kein Auto geparkt ist«, sagte Bob mit einem Blick in Richtung Einfahrtstor. Dann wandte er sich dem bewaldeten Hang zu Kingsburys Grundstück zu. »Der Täter muss zu Fuß gekommen sein.«

»Umso besser.« Breezy hob drohend ihren rechten Springerstiefel, der vorne mit einer Metallkappe versehen war. »Ich hoffe sehr für den Typen, dass er Schienbeinschoner trägt.«

Bob konnte da mit seinen Joggingschuhen nicht mithalten, in denen er allerdings um einiges schneller sein konnte als Breezy in ihren klobigen Tretern.

Sie hörten das Geräusch eines dumpfen Aufpralls, das über den Hang zu ihnen herunterdrang. Etwas zersplitterte. Danach war alles ruhig. Was war das gewesen? Es hatte geklungen, als ob oben im Wald etwas zusammengebrochen war.

»Du hockst dich hinter die Bank, ich verstecke mich am Waldrand«, sagte Bob schnell. »Und ich informiere Kommissarin Merryweather.«

Nachdem er die Polizistin in kurzen Worten auf den neuesten Stand gebracht hatte, schlich Bob zum Waldrand, versteckte sich und lauschte. Alles war still. Nein, ganz so leise war es nicht. Der Wald schien zu knistern und zu knacken. Äste im Wind, Tiere aller Art, Igel, Katzen, Nachtvögel … Wie sollte er da einen Flüchtenden ausmachen?

Bob spannte die Muskeln an.

»Justus!«

Das war Peters Stimme von weit oben her. Er klang alarmiert. »Justus …« Die restlichen Worte waren über die Entfernung nicht zu verstehen.

Was war da passiert? Sollte er Peter zu Hilfe kommen? Bob warf einen Blick hinüber zu Breezy, die in der Dunkelheit jedoch nicht zu erkennen war. Nur die Bank schimmerte in einem gräulichen Weiß. Der Mond, dachte Bob, wann ging endlich der Mond auf?

Er warf einen Blick in den Himmel. Tatsächlich, gerade fiel

das erste Mondlicht zwischen den Baumwipfeln auf den Hügel, auf dem vor zwei Tagen noch ganz harmlos der Schakal gestanden hatte. Für einen Moment traute Bob seinen Augen nicht. Ein dunkler Umriss zeichnete sich auf dem Sockel ab. War der Dreiäugige Schakal zurückgekehrt?

Nun bewegte sich der Schatten. »Er ist oben«, rief der dritte Detektiv und sprang aus seinem Versteck. »Breezy, da, auf dem Hügel!«

Bob überlegte blitzschnell. Wahrscheinlich würde sich der Täter seitwärts durch die Büsche schlagen, zur Fahrstraße hinab. Breezy schien das auch zu ahnen, denn sie hatte ihre Taschenlampe eingeschaltet und rannte den Weg hinunter zum Eingangstor des Parks.

Bob setzte sich in Bewegung. Auf halber Strecke hatte er Breezy eingeholt. »Den schnappen wir uns!«

Als sie die Einfahrt erreichten, rasten zwei Autos heran und bremsten scharf ab. Aus dem ersten sprang Kommissarin Merryweather. »Wo ist er, Bob? Wo?«, rief sie.

Der zweite Wagen war der von Tricky Micky, da es die Kommissarin vorgezogen hatte, in ihrem Auto ungestört zu bleiben. Der Reporter kletterte heraus und schoss sofort eine Reihe Blitzlichtfotos.

Breezy leuchtete den Straßenrand entlang. »Seht! Dahinten«, rief sie.

Alle Augen folgten dem Strahl ihrer Lampe. In etwa fünfzig Meter Entfernung sprang wie ein Schatten ein Mann auf die Straße. Er trug einen Rucksack. Bob und Breezy rannten los, während die Kommissarin zurück zu ihrem Wagen eilte, um die Verfolgung aufzunehmen. Doch der Flüchtende griff hinter die Absperrung, zog ein Mountainbike hervor und schwang sich im Losrollen auf den Sattel.

Bis der Wagen der Kommissarin angesprungen war, war der Radfahrer aus dem Blickfeld verschwunden. Wahrscheinlich hatte er einen der Wanderpfade benutzt, die seitwärts von der Straße wegführten.

Bob musste sich die Ohren zuhalten, weil Tricky Micky wie in Irrer auf die Hupe drückte, da ihm der Wagen von Merryweather im Weg stand. Nun endlich fuhren die beiden los.

»Justus«, erinnerte sich Bob. Er überließ die Verfolgung des Täters der Kommissarin und machte sich mit Breezy auf den Weg zum Hang. Auf halber Höhe trafen sie auf Peter und Justus. Peter stützte seinen Freund auf der einen Seite ab. Mit der freien Hand hielt sich der Erste Detektiv den Kopf.

»Was ist passiert?«

»Nicht so schlimm, Bob«, murmelte Justus, »er hat mich nicht voll getroffen und ich habe ja einen ziemlichen Dickkopf.«

»Den hast du in der Tat«, sagte Peter, dessen Verkleidung ordentlich gelitten hatte. »Habt ihr den Täter?«

»Der ist uns leider entwischt«, berichtete Bob zerknirscht.

»Dann habe ich«, sagte Justus verdrießlich, »jetzt auch noch einen dicken Hals.«

»Und ich erst mal«, stieß Breezy hervor. »Wie sollen wir nun Travis befreien?«

»Ich habe einen Plan«, sagte Justus.

»Ich hoffe, der ist besser als dein letzter.«

»Der war nicht schlecht«, verteidigte sich Justus, »es sind in der Umsetzung nur einige empirisch-pragmatische Zufälle dazwischen gekommen. Das ist ihm selbst nicht anzulasten.«

»So übel scheint es dir ja nicht mehr zu gehen, wenn dein Gehirn schon solche Worte ausspuckt«, sagte Breezy. »Und? Wie lautet nun deine Idee?«

»Wir haben noch eine Chance«, antwortete der Erste Detektiv. »Der Täter hat nun den Schlüssel, wenn auch nicht den richtigen. Doch das weiß er nicht. Er wird ihn schnellstmöglich zur Anwendung bringen wollen. Also wird er sich auf die Suche machen, zu welchem Schloss er passt. Und dort müssen wir ihn erwarten. Und wer oder was könnte Auskunft geben? Das Testament von Marie Solaire! So wie du es, Peter, vorhin angedacht hast. Warum sollte die Künstlerin einen Schlüssel verstecken, ganz ohne jeden Hinweis?«

»Eine Kopie des Testaments liegt in der Foundation«, erinnerte sich Bob.

Nachdem sich die drei ??? bei Kommissarin Merryweather versichert hatten, dass dem Täter tatsächlich die Flucht gelungen war, holten Joe und Big Rock Breezy ab, und sie machten sich zusammen unverrichteter Dinge auf den Heimweg.

Doch für die drei ??? war der Einsatz noch nicht zu Ende. Sie steuerten den Sitz der Marie Solaire Foundation an.

Justus' Gefühl hatte nicht getrogen.

»Achtung! Licht im Gebäude!«, sagte Peter, als sie den Wagen in der Nähe der Einfahrt stoppten. »Und zwar eins, das ständig hin und her wandert.«

»Eine Taschenlampe«, flüsterte Bob.

Sie stiegen aus und näherten sich der Grundstücksbegrenzung. »Da lehnt ein Fahrrad hinter der Mauer«, sagte Peter. »Und die Eingangstür scheint einen Spalt weit offen zu stehen.«

Sie verständigten sich mit ein paar Blicken und kletterten über das Einfahrtstor. Bob wollte zur Haustür schleichen, doch Peter hielt ihn zurück und bog zum Fahrrad ab. Er bückte sich. Justus und Bob hörten ein Zischen: Peter hatte die Luft aus den Reifen gelassen.

Wenige Augenblicke später näherten sie sich vorsichtig der Tür. Sie war angelehnt. Der Flur lag im Dunkeln, nur ein leichter Lichtschein fiel aus dem Raum linker Hand auf den Boden. Die Jungen hörten leises Rascheln.

»Der sucht das Testament«, flüsterte Justus. »Wir haben Glück! Den schnappen wir uns!«

Sachte drückte Peter die Tür auf und die Detektive schlichen auf den Flur. Die Tür zum Nebenzimmer stand offen. Durch den Rahmen sah man den Rücken einer dunklen Gestalt, die sich über den Schreibtisch beugte, der seitlich neben dem Fenster stand. Die Lampe hatte der Eindringling mit einem Gurt um den Kopf gebunden. Genauer gesagt: um die Skimaske, die er trug. Offenbar blätterte der Mann gerade in einem Ordner.

Justus nickte Peter zu und machte ein Zeichen mit der Hand. Der verstand. Er sollte draußen den Fluchtweg abschneiden.

Der Zweite Detektiv wandte sich um, und da passierte es. Ein Styroporteil der Verkleidung des Xangó war an die Seite gerutscht. Durch Peters Drehbewegung brach es. Es war kein lautes Geräusch, aber es reichte. Die Gestalt am Tisch fuhr herum. Für eine Sekunde kreuzten sich die Blicke von Justus und demjenigen hinter den Schlitzen der Skimaske. Der Erste Detektiv nahm Erschrecken wahr, aber auch Kälte. Behände drehte sich der Mann zur Seite, schob blitzschnell das Fenster nach oben und sprang nach draußen. Justus setzte ihm nach, während Bob und Peter durch den Flur zurückeilten.

Schon war der Mann bei seinem Fahrrad angelangt und wuchtete es über die Mauer. Justus wand sich durch das Fenster und verfolgte ihn, fast im selben Moment stießen Bob und Peter zu ihm. Auf der Straße schwang sich der Täter auf das Rad und trat in die Pedale. Doch nur einige Meter weit. Wutschnaubend sprang er ab, schmiss das Rad zu Seite und rannte los.

Als Justus, Bob und Peter über das Tor geklettert waren, war der Mann verschwunden. Nur das Mountainbike lag mitten auf der Fahrbahn.

»Immerhin ein Beweisstück«, sagte Justus, lief hin und hob es auf. »Wir stellen es sicher. Der Mann ist zwar unerkannt geflohen. Doch er ist nicht an sein Ziel gelangt.«

Diese Einschätzung änderte sich, als die drei ??? wieder im Büro der Foundation waren und das Licht eingeschaltet hatten. Der Ordner, der auf dem Schreibtisch lag, war aufgeschlagen. Vor ihnen lag das Testament von Marie Solaire.

Das Geheimnis

Die drei ??? beugten sich über das Dokument. »Es ist von etwas Wertvollem die Rede«, referierte Bob, »das in ein paar Jahren auftauchen soll, und es steht dort auch, dass der Erlös an eine bekannte Wohltätigkeitsorganisation gehen soll.«

»Das lässt auf diesen Schatz schließen«, sagte Peter.

»Doch leider findet sich kein Hinweis darauf, in welches Schloss der Schlüssel passt.« Justus nahm die Papiere aus dem Ordner und las ein zweites Mal alles ganz genau durch. »Wir haben so viele Rätsel gelöst«, sagte er, »und oft waren ausgesprochen komplizierte darunter. Wird es hier genauso sein?«

»Warum hat Marie Solaire den Schatz nicht einfach bei einem Notar hinterlegt?«, fragte Peter.

»Sie ist eine Künstlerin«, sagte Bob. »Vermutlich passt es irgendwie in ihr Lebenswerk. Und ihr letztes Werk ist der Dreiäugige Schakal. Sie spielt Verstecken, bis nach ihrem Tod.«

»Moment mal«, sagte Justus und hielt ein Blatt unter das Deckenlicht. »Das Papier, auf dem das Testament geschrieben wurde, trägt ein Signet. Auf der Kopie erscheint es nur schwach. Aber ich kann es erkennen. Es ist das Zeichen der *Bank of Southern California*, eine kleinere Bank aus dieser Gegend.«

»Das muss die Lösung sein«, rief Peter, »der Schlüssel passt zu einem Schließfach dieser Bank!«

»Marie Solaire hat ihre letzten Lebensjahre in der Gegend von Rocky Beach verbracht«, erinnerte sich der dritte Detektiv. »Auch das kommt hin. Eine Filiale der Bank befindet sich direkt im Zentrum.«

Justus konnte das nun Folgende kaum erwarten. »Wir müssen davon ausgehen, dass der Täter den Hinweis ebenfalls verstanden hat. Wir informieren Kommissarin Merryweather und treffen uns morgen früh im Geldinstitut, noch bevor es öffnet.«

Dank ihrer polizeilichen Autorität konnte Kommissarin Merryweather tatsächlich am frühen Morgen vor Ladenöffnung ein Treffen in der Bank vereinbaren. Den Schließfachschlüssel aus dem Dreiäugigen Schakal brachte sie mit.

Ein emotionslos dreinschauender Bankangestellter führte die Gruppe in den Tresorraum. »Bitte schön.« Diskret zog er sich zurück.

Mit einem Blick hatte Justus das Fach gefunden. »Darf ich?«

»Es ist eigentlich Polizeiaufgabe, das Fach zu öffnen.« Doch Kommissarin Merryweather ließ Justus den Spaß und überreichte ihm den Schlüssel.

»Ich bin gespannt«, murmelte Peter erwartungsvoll.

Justus steckte den Schlüssel in das Schloss eines etwa zehn Zentimeter hohen Faches, das eine schreibheftgroße Schatulle enthielt. Behutsam zog Justus sie hervor und klappte sie auf. Innen befand sich lediglich eine Rolle aus schwarzem Papier, das mit einer Schleife zugebunden war.

Justus öffnete sie. Das Papier rollte auseinander, wobei es einen digitalen Datenträger freigab.

Doch zunächst kümmerte sich Justus um den Text. Er war in einer wunderschönen Handschrift geschrieben.

Ich bin Marie Solaire. Ich bin der Dreiäugige Schakal. Der Dreiäugige Schakal bin ich. Wir sind ein und dieselbe Person. Dieses Geheimnis tragen wir in uns. Dieses Geheimnis trägt der Dreiäugige Schakal in sich, der ich bin.

»Na … das nenne ich mal eine Überraschung«, sagte Bob. »Marie Solaire … selbst … war der Schakal? Sie war es, die in der Maske des Schakals die Leute überfallen hat?«

Justus holte Luft und las weiter.

Als Beweis sind alle meine Taten, die immer ausschließlich einem guten Zweck dienten, auf dem Datenträger als Video festgehalten. Das dritte Auge des Schakals war eine Kamera, die für dieses allerletzte Kunstwerk von mir alles aufgezeichnet hat. Wenn ihr dies lest, sind zehn Jahre vergangen und ich hoffe, dass genug Gras über alles gewachsen ist und die Dinge sich beruhigt haben.

Mein Video mag als Grundlage für ein Buch oder einen Hollywoodfilm dienen. Ich kenne doch die Gesetze des Marktes. Die Rechte an der Geschichte können ersteigert werden, der Erlös geht an die Organisation, die ich in meinem Testament genannt habe.

Marie Solaire.

Einen Moment lang herrschte Stille. Das mussten sie erst einmal verdauen.

»Okay, das wissen wir nun«, sagte die Kommissarin schließlich. »Sagt uns das auch etwas darüber, wer die Hand geklaut hat und hier jetzt hoffentlich gleich auftauchen wird?«

»Constantin Krueger ist mein Tipp«, sagte Justus. »Der Typ mit dem Haarzopf. Und dem SUV, übrigens serienmäßig ausgestattet mit einer ausklappbaren Anhängerkupplung, wie ich recherchiert habe. Ich wette, dass wir ihn gleich in Empfang nehmen können, wenn er an das Schließfach möchte. Nun, wo ich weiß, worum es geht, passt seine Person am besten.«

»Der Historiker und Forscher?«, fragte die Kommissarin.

Justus nickte. »Vor Kurzem hat er herausbekommen, dass die Figur etwas Wertvolles enthielt. Seine Mitstreiter aus dem Marie-Solaire-Kreis stellten sich einen Schatz vor, doch Krueger merkte, dass es um etwas ganz anderes ging, nämlich um die Enttarnung des Dreiäugigen Schakals: Marie Solaire. Nun wollte er verhindern, dass diese Wahrheit durch die Restaurierungsarbeiten bei Ryan Ford an die Öffentlichkeit kommt. Er wollte selbst im Rampenlicht stehen und eine große Veröffentlichung daraus machen. Bisher verlief seine Karriere ja eher erfolglos. Und wer weiß, ob er die Honorarzahlungen für ein Buch oder für einen Film nicht auch noch eingesteckt hätte …«

Der Bankangestellte kam zurück. »Es ist so weit, oben wartet ein Kunde«, sagte er und nickte der Kommissarin zu.

»Dann werden wir gleich erfahren, ob du recht mit deiner Annahme hast, Justus«, sagte sie.

Sie gingen zurück in die Geschäftsräume. In einem gemütlichen Sessel saß dort ein Mann, spielte nervös mit einem Schlüssel in der Hand, auf die Erlaubnis wartend, den Tresorraum betreten zu dürfen.

Es war Constantin Krueger.

Als er die drei ??? in Begleitung der Kommissarin entdeckte, zerfiel sein Gesichtsausdruck. Ihm wurde klar, dass das Spiel nun zu Ende war.

»Mr Krueger«, sagte die Kommissarin, nahm ihm den Schlüssel ab und warf einen Blick auf dessen Nummer, »ich denke, wir haben einiges zu besprechen. Sie besitzen den Schlüssel, den Sie heute Nacht aus der Hand des Dreiäugigen Schakals gestohlen haben. Wir werden das Mountainbike auf Ihre Spuren hin untersuchen. Und noch viele tausend Sachen mehr. Aber vorher – wo haben Sie Travis und Hank versteckt?«

Der Historiker sah sie ein paar Sekunden lang an. »Ich habe eine alte Hütte in den Bergen«, sagte er matt. »Die Dinge … sind mir leider ein wenig aus dem Ruder gelaufen.«

Die Kommissarin zog die Stirn in Falten und ließ sich die Adresse geben. Dann informierte sie ihre Kollegen.

»Damit wäre der Fall ja geklärt«, verkündete sie stolz. »Und ich kann lorbeergeschmückt zurück nach Los Angeles.«

»Nicht ganz«, sagte Justus. Zwar sah man ihm die Erleichterung an, dass am Schluss alles geklappt hatte und die beiden Jungen vor ihrer Befreiung standen. Doch er hatte noch einen Punkt. »Constantin Krueger hatte einen Helfer. Ohne den hätte es nicht geklappt.«

»Ich weiß nicht, wovon du redest«, sagte der Historiker.

»Oder war es vielleicht eine Helferin?«, hakte Justus nach.

»Du bist wirklich entsetzlich«, murmelte Krueger.

Justus freute sich über das Lob.

»Jana?«, fragte Bob.

Justus nickte. »Ich war mir nicht ganz sicher, aber die Reaktion von Mr Krueger bestätigt mich in meiner Annahme. Die Verletzungsszene gestern Abend in Kingsburys Skulpturengarten war nur gespielt. In Wirklichkeit ging es ihr darum, das Licht auszuschalten und Krueger freie Bahn zu geben.«

»Aber warum sollte sie das tun?«, fragte die Kommissarin.

»Weil sie ihrem Partner, Luke Kingsbury, eine Wahrheit ersparen wollte. Und zwar die, dass seine hochverehrte Marie Solaire gleichzeitig der von ihm so verachtete Dreiäugige Schakal war«, sagte Justus. »Aus Liebe zu ihm also.«

»Wie schön«, sagte Kommissarin Merryweather, »das verstehe ich.«

»Dazu gab es mehrere Hinweise«, fuhr Justus fort und erinnerte sich an den verliebten Eindruck, den das Paar auf ihn gemacht hatte, besonders aber an die Szene, die die drei ???

durch das Fenster der Foundation belauscht hatten. »Ich hatte diese nur nicht in den richtigen Zusammenhang gesetzt. Ich bin sicher, dass Sie in Janas Garage einen silbernen Honda finden.«

»Das werden Sie«, bestätigte Krueger.

»Wie sind Sie eigentlich genau hinter das Geheimnis von Marie Solarie gekommen, Mr Krueger?«, wollte Justus wissen.

»Ich stieß bei meinen Forschungen auf Merkwürdigkeiten. Angeblich hat sich Marie immer an weit entfernten Orten aufgehalten, wenn der Schakal zuschlug. Doch das stimmte nicht. Bei den Unterlagen fand ich Reisedokumente, die sehr wahrscheinlich gefälscht waren. Marie war in der Verschleierung ihrer zweiten Identität sehr geschickt. Meist hat sie eine Freundin für sich reisen lassen. Einen Tag vor der Veranstaltung hat Jana zufällig mitbekommen, wie ich meinen Verdacht telefonisch … nun ja, einem Buchverleger angedeutet habe.«

»Sie wollten mit der Geschichte Geld machen?«, entfuhr es Bob.

»Also … ich finde, ich war doch wirklich dabei, etwas ganz Großes aufzudecken!« Krueger hüstelte. »Jedenfalls hat Jana eins und eins zusammengezählt und sie bat mich inständig, alles zu vertuschen, statt es öffentlich zu machen. Sie bot mir sogar eine Zahlung an. Pah, ein paar lächerliche Scheine.« Verächtlich stieß Krüger Luft durch die Nase. »Was ist das schon gegen das große Outing des Schakals, das ich vorhatte! Ich plante da bereits, in der Nacht die Figur zu untersuchen, und beschloss, mich scheinbar auf Janas Seite zu stellen und sie in die Aktion einzubinden. So hatte sie kein Interesse, etwas auszuplaudern, und ich hatte sie unter meiner Kontrolle. Außerdem konnte sie mir hier und da gut zur Hand gehen mit ihrem kleinen Honda. Doch wie alle wissen, lief das Denkmal plötzlich weg. Der Rest ist bekannt.«

»So«, sagte Kommissarin Merryweather und strahlte in die Runde, »jetzt ist aber nun wirklich alles gelöst.«

»Wenn Travis und Hank in Freiheit sind, gebe ich Ihnen recht«, sagte Justus. »Mrs Merryweather, Sie gehen dann zurück nach Los Angeles. Werden wir uns also nie mehr wiedersehen?«

»Du kannst sicher sein, dass ich alles dafür tun werde, um in Los Angeles zu bleiben, Justus«, antwortete Kommissarin Merryweather. »Aber never say never. Sag niemals nie.«

Wenige Stunden später saßen Justus, Peter und Bob zusammen mit Travis und seinem glücklichen Vater Joe auf der Veranda von *Joe's Woodfarm*. Breezy war natürlich auch dabei sowie Hank und Big Rock. Es gab eine große Menge Eis und ebensolch sahnige Schlagermusik, die aus dem offenen Fenster der Küche drang. Letzteres nahmen die Jugendlichen heute sehr gelassen hin, zu erleichtert waren sie über den guten Ausgang der Geschichte.

»Als Krueger im Schuppen auftauchte und mich dann überwältigte und mitnahm, kam er mir vor wie ein Fanatiker«, berichtete Travis. »Der hat tatsächlich geglaubt, dass wir ihn nicht anzeigen, wenn er uns wieder freilässt. Hat uns sogar Unterstützung für die Band angeboten …«

»Von einer *Entführung* war auch keine Rede«, ergänzte Hank, »er sprach dauernd von einem *Ausflug*, von dem wir wieder heil zurückkehren würden. Alles nur im Sinne der Wissenschaft. Dass ich nicht lache.«

»Dafür angeklagt wird er selbstverständlich dennoch«, sagte Justus, »aber die halbwegs gute Behandlung von euch beiden wird sich strafmindernd auswirken.«

»Und immerhin habt ihr zwei euch da in der Hütte wieder vertragen«, stellte Breezy mit einem Blick auf Travis und Hank fest.

»Ja, zum Glück. Mir wäre das mit euch sonst auch zu stressig geworden«, ergänzte Big Rock und nahm sich die dritte Eisportion. Da kam selbst Justus nicht mit.

Bob war noch bei der ersten. »Jana tut mir etwas leid«, sagte er. »Krueger hat ihre Gefühle für Kingsbury ausgenutzt und Jana einfach benutzt. Wusste Luke Kingsbury wirklich nicht Bescheid?«

Justus schüttelte den Kopf. »Der war ahnungslos.«

»Erklärt mir bitte noch mal genau den Ablauf«, sagte Travis und fügte grinsend hinzu: »Schließlich habe ich euch ja als Detektive engagiert.«

Justus setzte sich in Positur.

Aber schon wieder war Breezy schneller. »Krueger ist nachts zum Park, um das Denkmal zu untersuchen. Doch auf dem Sockel stand inzwischen Travis und wurde gerade von den beiden Zuckerstückchen Kelly und Peter aufgeschreckt …«

»Also bitte«, sagte Peter.

»Wo ist Kelly überhaupt?«, fragte Breezy. »Ich würde sie gerne mal kennenlernen.«

»Cheerleader-Auftritt«, murmelte Peter.

»Jana hat Krueger hingefahren und dann im Auto auf ihn gewartet«, nutzte Justus die Unterbrechung. »Dort bekam sie mit, wie Travis und Big Rock etwas Schweres abtransportierten, und hat die beiden bis zur Einfahrt in die Woodfarm verfolgt. Reingetraut hat sie sich nicht. Auf Geheiß von Krueger sollte sich Jana dann bei Tagesanbruch auf dem Gelände umschauen, während er bei den Vorbereitungen für die Veranstaltung der Foundation helfen musste. Doch Hank kam Jana zuvor, und ihr blieb nur, ihn zu verfolgen und herauszufinden, wohin er den Schakal abtransportierte. Also in das Waldstück. Anschließend fuhr sie zur Veranstaltung und kam dort nicht mehr pünktlich an. Dann hat sich wiederum Krueger um die Sache gekümmert«, fuhr Justus fort. »Er ist in das Waldstück gefahren und musste dort feststellen, dass die Hand der Skulptur fehlte. Also begab er sich auf deren Spur in der Hoffnung, dass sie ihr Geheimnis noch nicht preisgegeben hatte.«

»Er fuhr zu Hank«, sagte Breezy. »Woher hatte er denn dessen Adresse?«

»Gute Frage«, lobte Justus. »Als Hank auf dem Waldweg die Figur abkoppelte, ist ihm ein Mahnschreiben der Elektrizitätsfirma aus der Hosentasche gerutscht.«

»Merke«, sagte Joe und grinste, »immer schön die Rechnungen bezahlen, Hank.«

Justus nickte. »Hank führte Krueger zu Travis und dann

musste er euch, Travis und Hank, so lange ruhig stellen, bis er an die Hand gekommen war. Er wäre in unsere Falle getappt, wurde aber von Jana gewarnt und bat sie, eine Ablenkungsaktion zu starten, damit er ungesehen an den versteckten Inhalt kommen konnte.«

»Streber«, sagte Breezy und blinzelte Justus an.

Der Erste Detektiv wollte etwas entgegnen, doch Joe stand auf. »Wer möchte noch eine Ladung Eis?«

»Ich«, riefen alle wie aus einem Munde.

Erlebe spannende Abenteuer!

- ☐ und das Gespensterschloss
- ☐ und die flüsternde Mumie
- ☐ und der Fluch des Rubins
- ☐ und der gestohlene Sieg
- ☐ und die Zeitreisende
- ☐ Im Auge des Sturms
- ☐ Legende der Gaukler
- ☐ Höhenangst
- ☐ und das weiße Grab
- ☐ Tauchgang ins Ungewisse
- ☐ und der dunkle Wächter
- ☐ und das rätselhafte Erbe
- ☐ und der Mottenmann
- ☐ und die falschen Detektive
- ☐ Kelch des Schicksals
- ☐ Kreaturen der Nacht
- ☐ und die schweigende Grotte
- ☐ und der weiße Leopard
- ☐ und der Jadekönig
- ☐ Der Fluch der Medusa
- ☐ und die verlorene Zeit
- ☐ und der Geisterbunker
- ☐ Die Schwingen des Unheils
- ☐ Im Netz der Lügen
- ☐ und der Kristallschädel
- ☐ Im Wald der Gefahren
- ☐ Manuskript des Satans
- ☐ und die Teufelsklippe
- ☐ und die Gesetzlosen
- ☐ und der Knochenmann
- ☐ Die Yacht des Verrats
- ☐ Melodie der Rache
- ☐ und der Puppenmacher
- ☐ Die Spur der Toten
- ☐ Der Ruf der Krähen
- ☐ Drehbuch der Täuschung
- ☐ Der Tag der Toten
- ☐ Die Nacht der Gewitter
- ☐ und der dreiäugige Schakal
- ☐ Die Stadt aus Gold

kosmos.de/die-drei-fragezeichen